UNE VILAINE
PETITE MARE

VELDA JOHNSTON

UNE VILAINE PETITE MARE

(THE FACE IN THE SHADOWS)

Traduit de l'anglais par MARIE-LOUISE NAVARRO

PARIS
ÉDITIONS DU MASQUE

CHAPITRE PREMIER

Plus tard, Ellen pensa que c'était une ironie du sort d'avoir trouvé cette enfant droguée, non pas errant dans Central Park, ou endormie sous quelque porte cochère d'East Village, mais blottie sur la terrasse du Musée des Cloîtres, cet oasis de tranquillité médiévale, transplanté pierre par pierre d'Europe pour être érigé sur les hauteurs de Manhattan.

C'était un bel après-midi clair et froid du mois de mai. En sortant du musée pour aller sur la terrasse, la lumière l'éblouit à tel point qu'elle se heurta à un visiteur qui rentrait. Elle murmura quelques paroles d'excuse et s'approcha de la balustrade.

Grande et mince, Ellen avait des yeux gris et des cheveux blond cendré. Son visage aux pommettes hautes, aurait été d'une beauté classique si elle n'avait eu une aussi grande bouche.

Relevant frileusement le col de son manteau en tweed, elle regarda les collines verdoyantes du New Jersey, sur l'autre rive. Le ciel était d'un bleu si intense que l'on pouvait presque oublier les eaux bourbeuses, et imaginer que le fleuve n'avait pas changé depuis les temps héroïques où l'équipage du

Half Moon l'avait remonté pour la première fois en s'émerveillant de sa limpidité.

Elle consulta sa montre. Presque deux heures. Sans enthousiasme, elle songea qu'il était temps de rentrer et de reprendre sa ligne téléphonique aux abonnés absents. Son imprésario l'aurait peut-être appelée. Charles, lui aussi, avait pu essayer de la joindre pour lui dire qu'il avait enfin pris une décision au sujet de son divorce.

Elle se retourna et aperçut la fillette accroupie dans un coin de la terrasse, à demi dissimulée par un buisson, de sorte qu'on ne pouvait la voir que d'un certain angle. Elle était assise par terre, les yeux fermés, la joue appuyée contre le mur, les mains pendant mollement, les paumes en l'air, sur sa jupe plissée.

Traversant la terrasse, Ellen saisit un bras qui lui parut mince et fragile et le pressa avec douceur :

— Réveille-toi ! réponds-moi.

Les boucles brunes s'agitèrent et de grands yeux gris la regardèrent. Pendant un instant, Ellen se demanda qui cette enfant lui rappelait, puis, avec un serrement de cœur, elle le sut. Elle remarqua alors les pupilles contractées jusqu'à n'être pas plus grosses qu'une tête d'épingle.

— Laissez-moi tranquille, fit la fillette en se retournant contre le mur.

Stupéfaite, Ellen regardait fixement le petit visage blanc. C'était impossible ! Oh ! certes, elle savait que de telles choses arrivent. Des enfants de cet âge, et même plus jeunes, se droguent. Mais il était difficile de le croire de cette petite fille, avec son joli visage et son uniforme d'écolière portant le monogramme « E.M. » sur la poche de sa veste. Ecole Mainwaring, sans doute.

Ellen jeta un coup d'œil autour d'elle. Personne d'autre ne s'était aventuré sur cette terrasse balayée par le vent. A nouveau elle se pencha sur l'enfant :

— Tu as pris quelque chose, n'est-ce pas ?

La tête bouclée se souleva légèrement, les paupières frémirent et la fillette ouvrit les yeux. Ellen eut l'impression que son regard venait de très loin, d'un monde inaccessible où elle errait en solitaire.

— Où en as-tu acheté ?

— Pas acheté, on me l'a donné, dit l'enfant en laissant retomber sa tête contre le mur.

Les sourcils froncés, Ellen la contempla en se demandant ce qu'elle devait faire. Les parents de cette fillette étaient-ils à l'intérieur du musée ? Elle passa en revue les gens qu'elle avait rencontrés au cours de sa brève visite. Par ce lundi froid, il n'y avait pas grand monde. Une dizaine de personnes, membres d'un club quelconque, sortaient au moment où elle arrivait. Un jeune couple s'attardait, main dans la main, devant une tapisserie du XVe siècle, « La chasse à la licorne ». Caméra au poing, trois Japonais arpentaient la « salle des neuf preux ». Devant une statue du roi Arthur, une écolière dessinait à grands traits. Un peu plus loin, une femme âgée, portant un foulard sur la tête et des lunettes noires était assise dans l'ombre de la chapelle gothique. Cette enfant n'était certainement la fille d'aucun d'eux. Quant à l'homme qu'elle avait croisé en venant sur la terrasse, il n'avait pas dû remarquer la petite fille, à moins d'avoir bravé le vent pour s'approcher de la balustrade.

Devait-elle appeler un gardien ? L'idée la rebutait. Cela signifierait déclaration à la police et une publicité peu souhaitable. Comment découvrir le nom et l'adresse de la fillette ?

La lanière du sac de l'enfant avait glissé de son épaule et le sac lui-même, en daim marron, agrémenté d'une frange en cuir, reposait sur le sol. Ellen le ramassa sans que sa jeune propriétaire protestât. La première chose qu'elle vit en l'ouvrant fut une enveloppe blanche pliée en deux. Sensible à l'odeur qui s'en dégageait, elle l'ouvrit et découvrit trois petits paquets en plastique transparent. Deux contenaient une poudre blanche, le troisième était vide. Ellen referma l'enveloppe, la remit dans le sac et prit un portefeuille en cuir rouge. Elle y trouva trois billets de un dollar et deux cartes d'identité. La première donnait le nom : Cecily Vandering, une adresse dans la 5e Avenue et un numéro de téléphone, l'autre, émanant de l'Ecole Mainwaring, fournissait en plus, la date de naissance de la fillette. Celle-ci était plus âgée qu'Ellen ne l'avait pensé. En août prochain, elle aurait douze ans.

Plaçant la première carte d'identité dans la poche de son manteau, elle rangea le portefeuille dans le sac et secoua la fillette :

— Cecily, allons Cecily, réveille-toi, viens avec moi !

Les yeux gris la dévisagèrent pendant un moment, puis, répondant probablement à l'appel de son nom, Cecily se mit debout.

Tout en la soutenant, Ellen la conduisit jusqu'à la porte et traversa un couloir désert. Elle se dit avec amertume qu'elle était venue dans ces lieux de paix pour retrouver la force nécessaire pour affronter ses propres problèmes. Le premier était la défection de Charles et la façon dont elle devait y répondre. Etait-elle déçue, ou au contraire soulagée, que Charles fût sur le point de retourner vers sa femme dont il était séparé depuis trois ans ? L'autre problème était d'ordre financier. Les cachets qu'elle avait obtenus en tournant des courts métrages pour la télévision lui avaient permis de vivre une année, mais ses économies avaient fondu au cours du dernier mois. Quant aux prévisions pour cet été, elles étaient assez sombres. A vingt-huit ans, elle commençait à ne plus être assez jeune pour jouer le rôle de la jeune première dans « Les pieds nus dans le parc », pièce à succès qui avait tenu l'affiche de la tournée en province pendant trois saisons estivales. Or voici qu'au lieu de retrouver ici la sérénité à laquelle elle aspirait, elle avait découvert une enfant victime d'un des plus affreux fléaux de notre temps.

Docilement, Cecily se laissa guider à travers le cloître. En approchant de la chapelle gothique, Ellen aperçut la femme âgée, avec son foulard sur la tête. Sentant son regard curieux derrière ses lunettes noires, elle hâta le pas en serrant Cecily contre elle. Après avoir tourné dans un des couloirs, elle se dirigea vers le parking où il y avait une cabine téléphonique.

Au même moment, un taxi s'arrêta et un couple en descendit. Changeant de direction, Ellen s'approcha :

— Voulez-vous m'attendre un instant ?

Le chauffeur jeta un regard à la fois cynique et plein de pitié sur la fillette et dit :

— Entendu. Faites-là asseoir, je la surveillerai.

— Merci.

Elle entra dans la cabine et composa le numéro de téléphone inscrit sur la carte d'identité. Une voix d'homme à l'accent scandinave répondit :

— Résidence de Mrs Vandering.

— Puis-je parler à Mrs Vandering ?

— De la part de qui ?

— Ellen Stacey. Voulez-vous lui dire que c'est au sujet de sa fille. Elle n'a pas eu d'accident mais...

— Un instant, s'il vous plaît.

Un moment plus tard, une voix de femme dit :

— Ici, Mrs Vandering. Qu'est-il arrivé à ma fille ?

— Elle est aux Cloîtres. Je... je l'ai trouvée ici.

— Que voulez-vous dire ? Lindquish prétend qu'elle n'a pas été victime d'un accident.

Comment annoncer une chose pareille à une mère ?

— Elle paraît avoir absorbé de la drogue. De l'héroïne, je crois. J'en ai trouvé dans son sac.

— Oh ! non, pas encore !... Avez-vous prévenu la police ?

— Non, j'ai pensé que vous ne le désireriez pas.

— Pouvez-vous trouver un taxi ?

— J'en ai un, mais si vous préférez venir la chercher...

— Non, il vaut mieux que vous la rameniez, nous perdrons moins de temps.

— Très bien.

— Une seconde... j'espère que je peux vous faire confiance ? Vous ne chercheriez pas...

Devait-elle affirmer qu'elle n'avait pas l'intention de se livrer à un kidnapping ou à un chantage et qu'elle était une personne respectable ?

— Je vous ramène votre fille aussi vite que possible, Mrs Vandering.

— Avez-vous mon adresse ?

— Oui, elle figure sur la carte d'identité.

— Dépêchez-vous, je vous prie, dépêchez-vous !

Tandis que le taxi démarrait, Ellen regarda Cecily qui paraissait dormir. Dans quelques minutes, elle n'aurait plus de responsabilité. D'autres se poseraient des questions angoissantes, le docteur et ses parents... ou bien n'avait-elle que sa mère ? « Résidence de Mrs Vandering » avait dit le domestique.

Ce fut l'enfant qui rompit le silence. D'une voix à la fois effrayée et pleine d'espoir, elle murmura :

— Amy ?

— Je ne suis pas Amy. Mon nom est Ellen.

On pouvait lire l'incertitude dans les yeux gris aux pupilles contractées, puis une vague de terreur submergea le petit visage pathétique :

— Ne m'approchez pas, ou bien ils vous auront comme ils ont eu Amy.

Propos absurdes provoqués par la drogue, naturellement. Néanmoins la voix était empreinte d'un tel accent de détresse qu'Ellen ne put réprimer un frisson.

— Qui est Amy ?

— Elle était mon amie, c'est pour cela qu'ils l'ont tuée.

Durant un bref instant, Ellen eut l'impression de pénétrer dans l'univers mystérieux où s'était réfugiée cette étrange petite fille. Un univers où l'on ne pouvait devenir son amie qu'au péril de sa vie. Pourquoi cette enfant de onze ans, apparemment choyée, vivant dans un milieu plus que confortable, avait-elle choisi de pénétrer dans un tel univers ?

Cecily retomba dans son état d'hébétude. Ellen fut prise d'un sentiment d'angoisse presque intolérable. Beth avait cette même expression quand elle s'endormait. Beth, qui aurait maintenant deux ans de moins que cette petite fille. Sans conviction, elle chuchota :

— Ne crains rien, tout va s'arranger, Cecily.

CHAPITRE II

Rapidement et sans bruit, l'ascenseur les conduisit au douzième étage. De toute évidence, Mrs Vandering était la seule locataire de l'étage car il n'y
avait qu'une porte sur le palier. Soutenant Cecily
Ellen appuya sur le bouton de sonnette.

Presque aussitôt la porte s'ouvrit. En voyant la
femme qui se tenait là, Ellen se dit qu'elle ressemblait à un camélia qui commence à se faner. Elle
devait avoir près de quarante ans, mais quand son
visage n'avait pas cette expression angoissée, elle
n'en paraissait probablement pas plus de trente.
Ses cheveux blond champagne avaient cette nuance
que seul peut obtenir un grand coiffeur. Ses traits
étaient fins et délicats et elle avait de grands yeux
bleus au regard pour l'instant plein d'inquiétude.

Elle serra sa fille dans ses bras et appuya sa
joue sur les boucles brunes. Sans répondre ni
résister à cet élan, la fillette se tenait immobile
dans les bras de sa mère. Celle-ci se redressa :

— Entrez, je vous prie, Miss Stacey. Je suis Janet
Vandering.

Après avoir traversé un vaste hall d'entrée, Ellen
entra dans un salon. La silhouette d'un homme
grand et fort se détachait devant l'une des fenêtres.

— Miss Stacey, voici le Dr Carson.

En lui serrant la main, Ellen pensa que Mrs Vandering n'avait pas perdu de temps pour s'assurer le concours d'un médecin.

— Voulez-vous nous excuser quelques minutes ?

— Je vous en prie.

Quand elle fut seule, Ellen s'assit dans un fauteuil recouvert de satin jaune pâle. Elle regarda autour d'elle et remarqua un tapis d'Aubusson et un mobilier français du XVIIᵉ siècle qui, s'il était d'époque, devait valoir une fortune. Tout cela et pourtant Cecily... Pourquoi ?

Personne ne saurait probablement répondre à cette question. Les hommes pouvaient apprendre à vivre sur d'autres planètes et cependant être incapables d'expliquer pourquoi un enfant ou un adulte choisit le refuge de la drogue tandis que d'autres, dans des circonstances qui les excuseraient davantage, préfèrent affronter la réalité.

Cinq minutes s'écoulèrent. Dix...

Une porte s'ouvrit et Mrs Vandering entra. Elle était toujours pâle mais son visage était moins tendu.

— Je suis navrée de vous avoir fait attendre aussi longtemps. Nous avons couché Cecily... Puis-je vous offrir un rafraîchissement ? ou bien préférez-vous une tasse de thé ? Les domestiques sont sortis mais...

Elle a dû les renvoyer afin qu'ils n'assistent pas au retour de Cecily, pensa Ellen. A haute voix, elle répondit :

— Non, merci. Je vais m'en aller.

Assise sur une chaise, Mrs Vandering se frotta nerveusement les mains.

— Tout d'abord, je tiens à vous remercier pour ce que vous avez fait.

Ellen se contenta de hocher la tête sans répondre.

— Je suppose que vous vous demandez... Vous

avez droit à quelques explications sur ce que je vous ai dit au téléphone...

— Je vous en prie. Vous n'avez aucune obligation envers moi.

Après une brève hésitation, Mrs Vandering répondit :

— Vous avez sans doute compris que ce n'est pas la première... expérience de Cecily. Tout est de la faute de mon beau-frère, ou plus exactement de mon ex-beau-frère, car le père de Cecily et moi avons divorcé. Il y a près de trois ans, alors qu'elle avait neuf ans, elle est allée chez son oncle avec son père et nous avons découvert plus tard qu'elle avait ramené une demi-douzaine de cigarettes à la marijuana.

— Vous ne voulez pas dire que son oncle...?

— Non, naturellement. Il ne les lui a pas données. Elle les a dénichées dans un pot à la cuisine. Leonard, son oncle, affirme qu'il n'a jamais fumé de marijuana et c'est peut-être la vérité. Il prétend qu'un de ses amis a dû laisser traîner ces cigarettes. Ce que je lui reproche, c'est sa négligence. Sans elle, Cecily n'aurait peut-être jamais...

— Cependant, il existe une grande différence entre la marijuana et les autres drogues.

— Je le sais... pour autant que nous puissions avoir une certitude, Cecily a commencé à prendre de l'héroïne en mars dernier. J'étais au Mexique à ce moment-là. J'avais demandé à une de mes cousines de rester auprès de Cecily en mon absence. A mon retour, je l'ai trouvée pâlotte et apathique et je l'ai conduite chez le Dr Carson.

— Et il a reconnu les symptômes ?

— Oui. Il a réussi à lui faire avouer qu'elle avait pris de la drogue mais nous n'avons jamais su où elle se l'était procurée. Tout ce qu'elle a consenti à nous dire, c'est qu'elle avait trouvé une enveloppe contenant de l'héroïne dans un buisson de Central Park.

— Ainsi, vous n'avez aucune idée... ?

— Si, bien sûr. C'est sans doute une camarade de classe qui lui en a fourni.

— Mais ne va-t-elle pas à l'Ecole Mainwaring ? J'ai toujours cru que c'était une excellente institution.

— Aujourd'hui, aucune école n'est à l'abri de telles pratiques. La directrice s'est vexée quand je lui en ai parlé. Elle s'est livrée à une enquête discrète qui à ses dires, l'a convaincue que Cecily n'avait pu se procurer de la drogue à l'école. Mais, de toute façon, elle serait la dernière à être renseignée. Cecily vous a-t-elle confié quelque chose ?

— Oui. Quand je lui ai demandé qui lui avait vendu de la drogue, elle m'a répondu : je n'en ai pas acheté. Ils me l'ont donnée.

— C'est aussi ridicule que l'histoire du buisson de Central Park.

— Peut-être. Cependant, elle avait l'air effrayé. J'ai eu l'impression que c'était le genre de peur que pouvaient lui inspirer d'autres adultes et non d'autres enfants.

Mrs Vandering secoua la tête. L'idée même que sa fille pût être impliquée dans un trafic de drogue lui était insupportable.

— Pourtant cela ne peut venir que d'autres enfants et elle a dû les payer. Avant de partir au Mexique, l'année dernière, je lui avais laissé plusieurs semaines d'argent de poche. De plus... de plus, un certain nombre d'objets ont disparu de l'appartement. Oh ! rien qui ait une grande valeur : des cendriers en cristal, des petites cuillères en argent, des choses de ce genre. Peut-être les Lindquish le ménage que j'emploie, sont-ils les coupables. Je sais qu'il joue aux courses. Je ne les ai pas accusés car il est si difficile de trouver à se faire servir de nos jours... et puis aussi...

Au bout d'un moment, Ellen demanda :

— Vous pensiez que Cecily avait pu faire disparaître ces objets ?

— Oui. Elle est devenue une étrangère. Ma propre fille ! se redressant, elle poursuivit sur un ton plus ferme : au fait, Miss Stacey, comme vous le savez sans doute, le père de Cecily appartient à une famille très connue. Si les journaux...

Sur une petite table dorée, le téléphone se mit à carillonner. Mrs Vandering regarda Ellen, hésita et murmura :

— Excusez-moi. Allo ?

— Janet ? dit une voix masculine si claironnante qu'Ellen l'entendit distinctement.

— Oh ! bonjour, Dale. Vous me pardonnerez, mais je ne puis vous parler en ce moment.

— Vous pardonner ? Elle est bien bonne !

Mrs Vandering ne répondit pas. Désirant lui éviter de l'embarras, Ellen s'efforçait de détourner son regard et ses yeux se portèrent sur un tableau placé au-dessus de la cheminée, représentant une Mrs Vandering plus jeune et encore plus jolie. Réalisait-elle que sa visiteuse pouvait entendre la voix de son correspondant ? Dans ce cas elle devait regretter de n'avoir pas pris la communication dans une autre pièce.

— Je regrette, Dale, reprit-elle, mais je dois raccrocher.

— Oh ! non, vous ne le ferez pas car alors, je continuerai à vous appeler ou bien je viendrai vous voir. Je suis tout près de chez vous.

— Je vous en prie, n'insistez pas. Comprenez qu'il m'est impossible...

— Je comprends parfaitement. Ce n'est que trop clair. Vous avez brusquement décidé que vous ne vouliez même plus me voir et vous espérez que je vais me retirer sous ma tente et rester tranquille comme un homme bien élevé. Vous oubliez que j'ai brisé mon ménage pour vous, Janet. J'ai abandonné mes enfants. Je n'ai même plus le droit de les voir et maintenant vous pensez que je vais vous laisser.

— Je dois vraiment raccrocher. J'ai une visite.

— Qui ? Un homme ? Un autre pauvre type qui espère vous épouser ? Avez-vous trouvé chaussure à votre pied, cette fois-ci ?

— Au revoir, Dale, j'ai été heureuse de vous entendre.

Il y eut un déclic.

— Je m'excuse de cette interruption. Où en étions-nous ?

Ellen vit que le visage de son hôtesse était calme. L'embarras qu'elle ressentait lui fit admirer d'autant plus cette maîtrise. La femme du monde l'emportait sur la comédienne.

— Je crois que vous alliez me demander de ne parler de votre fille à personne.

— En effet. Je vous serai éternellement reconnaissante de considérer cette histoire comme confidentielle. Howard, le père de Cecily, également. Une publicité sur une affaire de ce genre pourrait ruiner toute la vie de notre fille.

— Je ne vois aucune raison pour en parler à qui que ce soit.

— Merci... puis-je me permettre de vous poser quelques questions sur vous, Miss Stacey ? Par exemple, que faites-vous ?

— Je suis comédienne.

— Oh ! vous jouez au théâtre ?

Cet imperceptible froncement de soucil signifiait-il que Mrs Vandering pensait qu'une comédienne ne saurait pas garder un secret, ou bien était-ce qu'à New York les mots « comédienne » ou « mannequin » étaient parfois des euphémismes pour désigner une profession moins respectable ?

— J'ai joué dans quelques pièces en tournée et j'ai aussi interprété des rôles dans des courts métrages pour la télévision.

— Ce doit être intéressant.

— Parfois. Puis-je vous demander ce que vous allez faire pour Cecily ?

Sans que son visage décela ses sentiments, Mrs Vandering répondit sur un ton indiquant qu'elle jugeait la question superflue :

— Le Dr Carson a une clinique privée. Elle y restera un certain temps. Une semaine suffira sans doute. Après tout, ce n'est pas comme si elle était... intoxiquée.

Peut-être pas encore, mais quelques expériences de ce genre...

Ellen revit Cecily dans le taxi. Avec ses paupières aux longs cils elle ressemblait tellement à Beth couchée dans son petit lit, à la lueur de la veilleuse placée à son chevet...

— Mrs Vandering, pourrais-je revoir Cecily quand elle sera rétablie ?

Les beaux yeux bleus parurent s'assombrir :

— Croyez-vous que ce serait sage, Miss Stacey ? Il est inutile qu'elle se souvienne de tout ceci. Naturellement, je vous suis très reconnaissante, et même si je pouvais vous exprimer par quelque moyen...

Son regard se posa sur son élégant sac en crocodile sur la petite table près du téléphone. Jusque-là, Ellen avait éprouvé de la sympathie pour la mère de Cecily et même de l'admiration pour le sang-froid dont elle avait fait preuve ; maintenant, elle ressentait de l'aversion. Son visage dut la trahir car Mrs Vandering se hâta de dire :

— Mais je réalise qu'il n'existe aucun moyen de vous l'exprimer. Tout ce que je peux dire est :

merci. Naturellement, je vais vous rembourser votre course en taxi.

— Merci, dit à son tour Ellen sur un ton impassible. Après tout, si elle n'avait pas rencontré Cecily, elle serait revenue en autobus. J'ai dû faire attendre le chauffeur et j'ai payé trois dollars cinquante avec le pourboire.

Elle prit les trois billets et la monnaie que lui tendait Mrs Vandering et se leva.

— Je dois m'en aller.

— Je vous redis ma gratitude, Miss Stacey, non seulement pour ce que vous avez fait, mais aussi pour votre promesse de garder le silence sur tout ceci.

Ainsi, elle s'inquiétait encore. Comment le lui reprocher ? Elle ne pouvait deviner qu'Ellen avait des raisons personnelles pour se sentir attirée par l'enfant qu'elle avait trouvée.

— Je tiendrai cette promesse, Mrs Vandering.

Quelques minutes plus tard, en sortant de l'ascenseur, elle vit que le portier parlementait sur le trottoir avec un homme aux cheveux roux. A en juger par leurs gestes, les deux hommes discutaient. Elle ouvrit la porte et sortit dans la rue.

— ... impératif que je voie Mrs Vandering.

Ellen reconnut la voix du téléphone. Un rapide coup d'œil lui apprit qu'il avait une quarantaine d'années et que sa coupe de cheveux et ses vêtements provenaient de Madison Avenue.

— Je regrette, Mr Haylock, Mrs Vandering a laissé des ordres stricts.

Tandis qu'elle s'éloignait, elle entendit encore l'homme répondre :

— Mais vous ne comprenez pas, c'est d'une importance vitale !

Comment Mrs Vandering l'avait-elle appelé ? Dale ? Dale Haylock. Un homme qui s'était séparé

22

de ses enfants pour l'amour de Janet Vandering et qui se voyait repoussé.

Dale Haylock. Janet Vandering, son ex-mari et cette malheureuse petite Cecily. Avec tous les avantages matériels que la fortune peut apporter, ces quatre personnes avaient fait un gâchis de leur vie. Soudain, son existence solitaire et économiquement précaire lui parut enviable. Redressant les épaules, elle avança d'un pas plus vif.

CHAPITRE III

Assis derrière son bureau d'acajou, au dix-huitième étage de l'immeuble, Howard Vandering se demanda une fois de plus ce qu'il faisait là.

Pour la plupart des gens, la question semblerait absurde. Il était là, parce que c'était le bureau du Président Directeur Général du Consortium Vandering et qu'il était précisément ce Président. Oui, mais pourquoi avait-il créé ce consortium ? Pourquoi ne s'était-il pas contenté, comme trois générations de Vandering avant lui, de laisser les autres gérer sa fortune accumulée dès le début du dix-neuvième siècle par le vieux Samuel Vandering ?

Janet avait prévu ce qu'il ressentirait aujourd'hui, huit ans plus tôt, quelques heures après l'enterrement de son père. Dans le décor exquis de leur appartement de la 5è Avenue, au milieu de ce mobilier français qui semblait le cadre parfait pour sa délicate beauté, elle avait demandé :

— Pourquoi fais-tu cela ? Ce n'est pas comme si tu étais oisif. Tu fais partie du conseil d'administration de l'université de Yale, tu es membre du bureau du Musée et de l'Opéra et maintenant tu vas prendre la place de ton père à la fondation Vandering.

— Je veux me faire une place à moi.

Il aurait pu ajouter qu'il voulait voir si, après quatre générations, le sang des Vandering contenait toujours la robuste sagacité du vieux Samuel. Illettré jusqu'à l'âge de quinze ans, Samuel n'en avait pas moins gagné une péniche au poker, probablement en trichant. Il avait ensuite engagé des hommes de main pour terroriser les équipages des autres péniches jusqu'à ce que les propriétaires des bateaux en soient réduits à lui vendre leurs biens à vil prix, puis il avait troqué les péniches contre des actions dans les chemins de fer. A l'époque de sa mort, vers 1870, il avait amassé, sinon la plus grosse fortune d'Amérique, du moins l'une des toutes premières.

Non, il n'avait pas parlé de cela à Janet. Elle ne partageait pas son admiration pour ses ancêtres. A ses yeux, Samuel Vandering n'était qu'un vieux brigand.

— Qu'est-ce qui te fait croire, avait-elle demandé, qu'à l'âge de quarante ans, tu peux faire une entrée fracassante dans le monde de la finance ?

— Mes fonctions dans les divers conseils d'administration comportent des responsabilités financières. D'ailleurs, j'ai suivi des cours d'économie politique au collège.

— Il y a plus de vingt ans de cela !

— Penses-tu donc que je ne sois pas assez intelligent ou pas assez dur en affaires ?

— Mon cher Howard, rien dans ta vie ne t'a permis de t'endurcir. Sais-tu ce qui te tracasse ? Tu envies Leonard. Parce qu'il fait quelque chose dans la vie, tu te sens obligé d'en faire autant.

Ce n'était pas entièrement faux. Il était vexant de constater que son demi-frère, à peine âgé de vingt-cinq ans, était déjà un peintre reconnu, avec des toiles figurant au Musée d'Art Moderne et dans des collections privées, sans parler des revenus suffisants pour la vie de bohème qu'il se plaisait à mener.

— Si tu es décidé à racheter ces sociétés, reprit Janet, j'espère que tu ne vas pas y investir toute ta fortune.

— Certainement pas. La plus grande partie restera en bons du Trésor exempts d'impôt, comme d'habitude.

— Parfait. Je ne m'attendais pas à ce que tu te soucies de moi outre mesure, mais je dois te rappeler que tu as une fille.

Se levant, il traversa la pièce pour aller vers la fenêtre. Dans le bureau d'un immeuble voisin, il distinguait deux hommes en bras de chemise qui se penchaient sur une table sous un tube fluorescent.

Cecily. Maintenant que Amy Thornill était morte, sa fille était le seul être qu'il aimât vraiment. Oh ! certes, il avait aimé Janet quand il l'avait épousée. Mais, dès le début, leur union n'avait pas été heureuse. Au cours de la quatrième année de leur mariage, par consentement tacite, ils avaient fait chambre à part et il avait cherché des consolations ailleurs.

A l'encontre d'Amy qui était entrée dans sa vie après son divorce, les femmes qu'il avait connues durant ces années ne signifiaient rien pour lui. Il ne se souvenait même plus du prénom de celle avec qui il avait été pris en flagrant délit d'adultère.

Les détectives de Janet les avaient trouvés dans un hôtel de Pennsylvanie et cela avait été un moment désagréable. Non que sa femme ait eu l'intention de le traîner devant les tribunaux. La menace suffisait. Peu importait qu'il la soupçonnât de s'être, elle aussi, tournée vers quelqu'un d'autre. Dale Haylock, par exemple, cet homme du monde, champion de tennis, qui pleurait maintenant dans tous les bars chics de la ville parce que Janet avait changé d'idée et refusait de l'épouser. L'important était que lui, Howard, s'était fait prendre, et pas elle.

Avant de partir pour Reno, elle lui avait fait signer l'engagement de ne jamais lui contester la garde de leur fille. Il avait aussi accepté de lui verser deux millions de dollars au lieu de lui faire une pension. En conséquence de quoi, elle avait pu continuer à mener la vie à laquelle elle était habituée.

Seule Cecily avait souffert de la situation. Pourquoi avait-elle pris les choses au tragique ? La moitié de leurs amis avaient divorcé au moins une fois et leurs enfants s'étaient adaptés aux circonstances. Peut-être était-ce comme l'hémophilie, une blessure qui ne serait rien pour un enfant normal pouvait en tuer un autre atteint de cette maladie.

Le pire de tout était qu'au fur et à mesure que le temps passait le mal semblait empirer. Tout de suite après le divorce, quand elle avait commencé à venir passer les deux week-ends mensuels dans le nouvel appartement de son père, elle avait paru incapable de réaliser la permanence de la séparation de ses parents. Ce n'était pas tellement surprenant, car elle n'avait que six ans, alors.

— Quand tu reviendras vivre avec nous, Papa, je mettrai mon dessin représentant un éléphant dans ta chambre. Je t'apprendrai aussi à jouer au jeu de l'oie et je te ferai cuire des gâteaux sur mon petit four électrique.

Avec douceur, il lui rappelait qu'il ne reviendrait pas.

— Oh oui, tu me l'as déjà dit.

Mais à l'espoir qui se lisait dans ses yeux, il comprenait qu'elle ne le croyait pas.

Il avait fallu plus d'une année pour que cette espérance disparût. Peu à peu, il s'était rendu compte que sa fille devenait trop tranquille et trop sage.

Aller déjeuner au Plaza ? Oui, papa, si tu veux. Une séance de cinéma ou une représentation au cirque ? Oui, papa, comme tu voudras. Mais les clowns ne lui tiraient guère qu'un petit sourire triste.

La sonnerie de l'interphone le tira de ses réflexions :

— Oui, Miss Morrisson ?

— Je me demandais si vous aviez remarqué le rapport annuel de la Compagnie des outils ? Je l'ai posé sur votre bureau pendant que vous étiez sorti déjeuner.

— Oui, merci. J'allais justement le lire.

Il ferma l'interphone en regardant le dossier bleu. Il ne savait que trop bien ce qu'il contenait. De mauvaises nouvelles. Retournant à la fenêtre, il reprit sa sombre méditation.

C'était ce souci constant au sujet de sa fille qui était à l'origine de ses échecs en affaires. Le Consortium Vandering avait assez bien marché durant les deux premières années de son existence. Naturellement, certains pouvaient prétendre que tout le monde gagnait de l'argent à cette époque. Mais il savait que cela n'avait pas seulement été une question de climat favorable. Plus d'une fois, il lui était arrivé de prendre la décision opportune. En revanche, il avait commencé à faire de sérieuses erreurs quand il était devenu évident que sa fille était malheureuse. La nomination d'hommes incapables à des postes clefs. Un investissement désastreux dans des industries pétrolières au Canada. Enfin, voici près de trois ans, Cecily avait fait une regrettable expérience avec la marijuana. A l'encontre de son ex-femme, il ne reprochait rien à Leonard. Selon Len — et Howard le croyait — il n'avait jamais imaginé qu'un de ses visiteurs ait pu laisser des cigarettes dans un pot à la cuisine.

Cecily avait promis à ses parents de ne jamais recommencer et il avait l'impression qu'elle avait tenu sa promesse. Pendant quelque temps, la vie de Howard avait paru s'arranger. D'abord, il avait rencontré Dan Reardon, dont le large sourire et les manières affables semblaient contredire la réputation d'homme dur en affaires. Dan avait accepté d'entrer dans le Consortium Vandering. A la même époque il avait également fait la connaissance d'Amy Thornhill qui était secrétaire de direction de l'une de ses sociétés.

A trente-cinq ans, Amy était célibataire. Jusqu'à l'année précédente où sa mère était morte, elle avait été son seul soutien. Sans être vraiment jolie, elle avait un visage agréable. Ses hanches étaient trop larges pour lui donner un ligne élégante, mais elle était pleine de bon sens et possédait à la fois de l'esprit et une gentillesse naturelle qui la faisaient aimer de tous. Howard la connaissait depuis environ un mois quand il s'aperçut qu'il était beaucoup plus amoureux d'elle qu'il ne l'avait jamais été de Janet.

A sa grande satisfaction, Cecily prit immédiatement Amy en sympathie et en sa compagnie, elle, si secrète, se montra bavarde. Amy ne tarda pas à emmener Cecily faire des courses ou au cinéma, non seulement durant les week-ends qu'elle passait chez son père, mais les autres samedis également. Peut-être parce qu'elle était trop accaparée par ses amis, Janet n'y avait pas vu d'objections. Pendant son voyage au Mexique, Amy et Cecily se virent encore davantage.

Il était tard, un samedi après-midi, dix jours après le départ de Janet, quand Amy avait téléphoné à Howard.

— Etes-vous disponible pour une heure ou deux,

Howard ? J'aimerais discuter de quelque chose avec vous.

— Je ne peux pas, Amy, avait-il répondu à regret. Je dois aller au Roosevelt où Dan Reardon et moi avons rendez-vous avec ces deux représentants des Camera Arden. Ils viennent d'arriver de Chicago pour nous rencontrer. Ne pouvez-vous me dire de quoi il s'agit au téléphone ?

— Non, ce serait trop long. D'ailleurs, il vaut mieux que vous ayez l'esprit libre. Je vous verrai demain.

— Dites-moi au moins comment vous allez ?

— Très bien.

— Est-ce au sujet de Cecily ?

Elle avait eu une hésitation, si brève que plus tard, il put se demander s'il ne l'avait pas imaginée.

— Elle va bien, rassurez-vous. Nous avons déjeuné à la cafeteria du parc, ensuite, nous sommes allées au zoo. Je l'ai laissée chez elle il y a une heure. De toute façon, cela peut attendre. Passez une bonne soirée, chéri, et bonne chance.

Il ne devait pas la revoir vivante, car aux environs de minuit ce soir-là, deux hommes — aux dires de la police, ils étaient deux — pénétrèrent par effraction dans son appartement et la tuèrent d'un coup de revolver dans la tempe alors qu'elle était endormie dans son lit. Ils dérobèrent l'argent qu'ils trouvèrent dans son sac et tout ce qui pouvait avoir de la valeur. Leur butin ne fut pas grand. Howard avait eu l'intention de lui offrir des bijoux. Une bague de fiançailles en brillant pour commencer, mais il ne l'avait pas encore fait et le seul objet ayant quelque valeur en sa possession était une bague en opale lui venant de sa mère. Cela ajoutait encore à l'amertume de Howard. Les voleurs n'avaient pas récolté pour plus de cent dollars et ils l'avaient tuée pour si peu.

La mort d'Amy avait été un coup très dur pour sa fille aussi. Elle était devenue encore plus mince et plus lointaine. C'est alors qu'en revenant du Mexique, Janet avait découvert que l'enfant avait pris de l'héroïne.

Son premier sentiment d'horreur passée, sa réaction avait été de porter le blâme sur Janet. Pourquoi était-elle restée près de six semaines à l'étranger ? Cependant, il ne pouvait s'empêcher de reconnaître que tous deux, avaient manqué à leurs devoirs envers leur trop vulnérable petite fille. Janet et lui, auraient dû trouver un moyen pour rester ensemble. Il avait même été jusqu'à proposer un remariage. Janet avait repoussé cette suggestion. Si leur union n'avait pas réussi, elle irait encore moins bien maintenant, au détriment de Cecily, comme au leur. Elle ne voulait pas davantage entendre parler de conduire Cecily chez un psychiatre. Elle décida de l'emmener immédiatement en Europe où elles resteraient jusqu'en juillet. A leur retour, la fillette prendrait des leçons particulières pour rattraper le temps perdu afin de pouvoir retourner à l'Ecole Mainwaring à la rentrée.

En fait, le remède avait semblé bon. Naturellement, Cecily ne s'était pas métamorphosée, mais elle avait gagné un kilo et elle ne l'avait pas reperdu au cours de l'hiver. De plus son bulletin trimestriel d'avril avait été satisfaisant.

Howard regarda sa montre. Cinq heures vingt. Avec un soupir, il pensa qu'il était temps de jeter un coup d'œil sur ce rapport.

Il venait à peine de s'asseoir quand le téléphone sonna sur sa ligne privée. Il reconnut la voix de son ex-femme.

— Il est arrivé quelque chose d'affreux à Cecily.

Pendant une seconde, il eut l'impression que son cœur s'arrêtait de battre.

— Pour l'amour du ciel, Janet...

— Elle est vivante. De l'héroïne à nouveau. On l'a trouvée aux Cloîtres.

— Où est-elle maintenant ?

— A la clinique du Dr Carson.

— Est-ce la police qui...

— Non, c'est une jeune femme qui l'a ramenée directement ici.

— Quelle jeune femme ?

— Une comédienne dont je n'ai jamais entendu parler. Son nom est Ellen Stacey. Elle a promis de ne rien dire. Néanmoins, je suis inquiète. Elle s'est trop intéressée à Cecily. Elle a même demandé à la revoir.

C'était bien de Janet. Aussi tourmentée qu'elle pût être pour son enfant, elle pouvait également se tracasser à propos d'un éventuel scandale.

— Veux-tu que je vienne te voir ?

— Non merci, Howard, Cousine Martha va passer la nuit ici.

Martha Barlow était une cousine germaine de sa mère. Veuve d'une cinquantaine d'années, sans fortune, Mrs Barlow était cette valeur inestimable : la parente pauvre toujours prête à rendre service.

— Alors, je vais aller directement à la clinique.

— Le Dr Carson ne veut pas que l'un ou l'autre d'entre nous la voie ce soir. Nous pourrons lui parler au téléphone demain et lui rendre visite dans quelques jours.

— Combien de temps va-t-il la garder ?

— Probablement jusqu'à samedi, moins pour des raisons médicales que pour essayer de découvrir comment elle se procure la drogue. Elle ne va pas trop mal... je veux dire... ce n'est pas comme si elle s'était piquée.

— Oh ! mon Dieu, pourquoi cela arrive-t-il à notre enfant ?

— A quoi sert de poser une telle question ? On

sonne. Ce doit être Cousine Martha. Au revoir, Howard.

Il resta assis à son bureau, à peine sensible à la pénombre qui commençait à envahir la pièce. L'interphone sonna. Il appuya machinalement sur le bouton :

— Oui ?

— Mr Reardon est là, Monsieur.

— Faites-le entrer.

La porte s'ouvrit et Dan Reardon parut.

— Bonsoir. Je pensais que vous aimeriez savoir que le marché des paquets en plastique paraît bon. Ils ont baissé leurs prix de dix pour cent, ce qui signifie que nous pourrons en fournir davantage. A condition, naturellement, que nous décidions d'acheter la société.

— Nous verrons.

— Je suppose que vous avez entendu les cours de clôture ? Les Flying Squirrel ont gagné un point.

Il s'agissait d'une petite compagnie d'aviation qui avait été la première acquisition du Consortium Vandering.

— Quelles sont les poires qui achètent ?

— Personne en particulier, et je ne crois pas que ce soient des poires. Je pense même que nous aurions intérêt à pousser cette société en investissant un peu d'argent frais... Mais pourquoi diable parlons-nous dans l'obscurité ?

Il y eut un déclic et la lumière s'alluma. Howard regarda son jeune associé. Dan-le-dur, comme il l'appelait à part lui. Trente-sept ans et paraissant plus jeune. Cheveux bruns, frisés, yeux bleus, un visage aux traits accusés, bronzé de façon permanente. Comme la propre personnalité de Dan, son costume élégant était un peu trop voyant avec son veston aux revers larges, en avance sur la mode et ne laissait guère de doute sur les origines de celui qui le portait. Sur un autre ton, Dan demanda :

— Pour l'amour du ciel, Howard, qu'est-il arrivé ?

— Ma fille...

Après un silence, Dan questionna :

— Elle n'est pas... ?

— Non. Elle n'a aucun mal.

A nouveau, Dan attendit des explications. Finalement, il reprit :

— La même histoire qu'au printemps dernier ?

— Oui.

Dan alla s'asseoir dans un des fauteuils en cuir rouge en regardant vaguement un point sur le mur, sans rien dire. Howard lui adressa un coup d'œil reconnaissant. Quand cela comptait vraiment, Dan pouvait montrer plus de tact que la plupart des hommes avec lesquels Howard avait grandi.

Cependant, ce n'était pas à cause de son tact qu'il avait envisagé de le prendre comme associé deux ans plus tôt, un jour où il l'avait rencontré au bain de vapeur du Midtown Club. C'était parce qu'il avait pensé que si un homme était capable de sauver le consortium, c'était lui.

Comme la plupart des autres membres, Howard avait été surpris de l'admission de Reardon dans ce bastion fermé qu'était le Midtown Club. Natif du quartier pauvre de Brooklyn, Dan avait interrompu ses études après deux ans passés au collège pour travailler chez un agent de change. Intelligent, entreprenant, aidé par la chance, il avait réussi à se faire une situation avant d'avoir trente ans. Un beau jour, il avait décidé de se faire admettre au Midtown Club.

— J'avais entendu dire qu'il y avait la meilleure table de la ville, dit-il plus tard à Howard avec un sourire ironique.

Il avait alors acquis une solide réputation d'expert financier et avait obligé suffisamment de membres influents du club pour obtenir facilement les sept répondants nécessaires.

Howard avait été attiré par la personnalité de cet homme jeune et dynamique qui savait prendre des décisions hardies quand les circonstances l'imposaient.

Il en vint à discuter avec Dan de sujets dont il n'aurait pas parlé à ses intimes. Le souci que lui causait sa fille, par exemple, et parfois de ses difficultés en affaires. Finalement, un jour où il avait rencontré Dan au bain de vapeur du club, il avait émis l'idée de le voir entrer dans le Consortium Vandering.

— En temps qu'associé minoritaire ?

— Si tel est votre désir.

Après un silence, Dan avait répondu :

— Je tiens tout d'abord à vous faire remarquer que j'ai suffisamment de travail pour me satisfaire. Ensuite, sans vous fâcher, Howard, pour autant que je le sache, vos affaires sont loin d'être aussi florissantes que vous voudriez le faire croire. A mon avis, vous devriez liquider, même à perte, certaines de vos sociétés. Pour d'autres, il faudrait les faire coter en bourse afin de leur donner de l'extension.

— Vendre des actions ? J'ai toujours préféré garder le contrôle...

— Mieux vaut conserver quarante pour cent d'une affaire en plein essor que cent pour cent d'une affaire qui végète. Avez-vous assez de capitaux disponibles pour financer vous-même une expansion nécessaire ?

Howard acquiesça.

— Eh bien, rien ne vous empêche de le faire si vous préférez. Personnellement, j'aime mieux que des actionnaires partagent les risques. De toute façon, je pense qu'un programme d'élimination de certaines sociétés et de soutien efficace pour d'autres devrait être rentable. Peut-être pas immédiatement mais à long terme.

— Nous pourrons discuter des détails plus tard. Envisageriez-vous le principe d'une association ?

— Je vais y réfléchir. Donnez-moi jusqu'à demain, voulez-vous ?

Le jour suivant, il avait téléphoné.

— C'est d'accord, à condition que je puisse conserver certaines de mes affaires, ce qui signifie que je ne consacrerai pas tout mon temps au Consortium Vandering.

— Entendu, dit Howard avec soulagement.

Sous l'impulsion de Dan, le Consortium Vandering s'était amélioré. Comme il l'avait lui-même prédit, c'était une opération de longue haleine. La Société des outils périclitait en dépit de l'apport d'actionnaires, mais d'autres firmes, qui auraient pu s'effondrer avaient survécu tandis que d'autres commençaient à rapporter.

Au bout d'un moment, Dan rompit le silence :

— Désirez-vous me parler de votre fille, ou préférez-vous que je m'en aille ?

Howard dut faire un effort pour répondre.

— Il n'y a pas grand chose à dire. Une jeune comédienne appelée Eleanor ou Ellen Stacey a trouvé Cecily aux Cloîtres et l'a ramenée à la maison.

— Aux Cloîtres ? Bon sang ! Un de ces jours il y aura des trafics de drogue jusque dans la Cathédrale St Patrick ! Avez-vous vu Cecily ?

— Non. Elle est à la clinique du Dr Carson. Le docteur pense qu'il vaut mieux que nous ne la voyions pas pendant quelques jours.

— Alors je suppose que vous préférez rester en ville en ce moment ?

— Pourquoi ?

— Eh bien, vous auriez pu aller visiter cette usine d'outils à Tolédo.

Il y avait là quelque chose de plus qu'une simple question de tact. Ce voyage à Tolédo ne servirait à rien, les deux hommes le savaient, mais cela lui offrirait une distraction en attendant de revoir sa fille.

— Je pourrais éventuellement partir, disons... après demain.

— Eh bien, pensez-y, dit Dan en se levant.

Quand la porte se fut refermée sur lui, Howard regarda le téléphone. Devait-il appeler Leonard ? Il était l'oncle de Cecily, il avait le droit de savoir.

Attirant l'appareil vers lui, il composa le numéro.

CHAPITRE IV

A l'angle de la 5è Avenue et de la 68è Rue, Ellen hésita. Elle habitait plus loin, dans la 65è Rue, mais si ses souvenirs étaient exacts, l'Ecole Mainwaring se trouvait dans la 68è Rue. Impulsivement, elle tourna à gauche.

A mi-chemin entre Madison et Park Avenue, elle ralentit. Oui, c'était bien là. Un immeuble en pierres de taille datant de la fin du siècle dernier, à en juger par les balcons en saillie du premier étage. Elle s'arrêta pour examiner la plaque en cuivre.

— Excusez-moi, votre fille fréquente-t-elle cette école ?

Ellen se retourna. Grande et d'une élégante minceur, la femme qui se tenait près d'elle paraissait près de quatre-vingts ans. Elle portait un costume tailleur classique, bleu marine et sur ses cheveux blancs, un chapeau de paille bleu marine garni de violettes. Avec un serrement de cœur, Ellen répondit :

— Je n'ai pas de fille.

— Vous connaissez donc une élève de cette institution ?

— Oui, en effet.

Etonnée, elle regarda son interlocutrice avec plus d'attention. Elle n'avait pas l'air d'une femme qui accoste une étrangère en lui posant des questions personnelles. Elle salua de la tête et s'éloigna. A sa surprise, la vieille dame lui emboîta le pas.

— Je m'intéresse à cette école, dit-elle. J'habite à côté et je passe devant plusieurs fois par jour. Je suis Amanda Mainwaring.

— Mainwaring ? L'école porte-t-elle le nom de votre famille ?

— Elle porte mon nom. C'est moi qui l'ai fondée. Ma nièce m'en a chassée il y a cinq ans. Ma propre nièce ! Avec les membres du conseil d'administration, elle a prétendu que j'étais devenue incompétente.

— Je suis navrée, murmura Ellen avec embarras.

— Oh ! vous n'avez pas besoin de l'être pour moi, fit-elle en riant, mais plutôt pour ma nièce. Tout ne va pas si bien depuis quelque temps. C'est à cause de la petite Vandering que vous regardiez l'école, n'est-ce pas ?

La question était si inattendue qu'en dépit d'elle-même, Ellen demanda :

— Comment savez-vous...

Le vieux visage se plissa en un sourire machiavélique :

— J'ai encore des fidèles dans la place. Ainsi, je sais qu'il y a environ un an, on a trouvé de la drogue en la possession de cette fillette. Je sais aussi que Mrs Vandering, très inquiète, a téléphoné à ma nièce cet après-midi pour lui dire qu'une jeune femme avait ramené sa fille des Cloîtres à demi inconsciente, aussi quand je vous ai aperçue devant l'école, vous que je n'ai encore jamais vue, j'ai pensé que peut-être...

Qui était l'informateur d'Amanda Mainwaring ? L'un des professeurs ou un membre du personnel ? En dehors de la question de déloyauté envers l'école, il semblait peu probable que quelqu'un risquerait de perdre son emploi pour satisfaire la rancune d'une vieille femme. Cependant, comment Amanda Mainwaring avait-elle pu être renseignée aussi rapidement ?

Arrivée à l'angle de Park Avenue, la vieille dame saisit le bras d'Ellen d'une main étonnamment forte :

— J'avais raison, n'est-il pas vrai ? C'est vous qui avez trouvé la petite Vandering ? Croyez-vous à présent que je sois devenue stupide ou incompétente ?

— Non, bien sûr. Excusez-moi Mrs Mainwaring...

— Miss Mainwaring.

— Excusez-moi, mais je vais par là.

Peu après dix heures, ce soir-là, Ellen se mit au lit et prit un livre qu'elle n'ouvrit pas.

En rentrant, elle avait trouvé un message de son imprésario. Elle avait une chance d'obtenir le rôle de l'épouse dans un film commercial pour la télévision. Elle pouvait également faire de la « figuration intelligente » dans un film produit par la compagnie McClellan. Si son audition était satisfaisante, elle aurait quatre ou cinq jours de travail assuré. Cela représentant de quoi payer son loyer.

Son agent lui avait donné l'adresse d'un vieux théâtre désaffecté dans le haut de Broadway. Elle devait porter une robe blanche, et aller sur place mercredi soir à huit heures.

Elle n'avait même pas songé à demander le titre du film, ni le nom des principaux acteurs. Il y avait longtemps qu'elle travaillait ainsi, sans se soucier d'autre chose que du numéro de la production inscrit sur le tableau de service.

Charles n'avait pas appelé. En un sens, c'était un soulagement. Depuis quelque temps, elle avait le pénible sentiment que son désir d'épouser

Charles venait de sa solitude et de l'approche de son trentième anniversaire. Evidemment, il y avait aussi une autre raison. Certains de ses gestes et des inflexions dans sa voix lui rappelaient Richard. Mais cela aurait été une mauvaise raison de plus pour l'épouser. Charles n'était pas Richard et ne le serait jamais.

A l'âge de dix-huit ans, alors qu'elle était étudiante au conservatoire des arts dramatiques, elle avait rencontré un jeune photographe appelé Richard Stacey. Trois mois plus tard, ils étaient mariés. Elle avait continué à suivre les cours du conservatoire jusqu'à la naissance de leur fille Beth, deux ans après leur mariage.

Ensuite, naturellement, elle n'avait pas suivi les cours à plein temps, mais elle s'était arrangée pour prendre des leçons deux fois par semaine. Richard qui avait été partisan du mouvement de libération de la femme avant que le mot fût inventé, avait approuvé.

— Je ne veux pas d'une de ces épouses frustrées, lui avait-il dit. Tu as du talent et si tu ne le laisses pas s'épanouir, tu seras malheureuse et tu nous rendras malheureux, Beth et moi.

Quand elle avait commencé à tourner dans des films commerciaux, il en avait été à la fois heureux et fier.

Un après-midi de décembre, peu après le deuxième anniversaire de Beth, Ellen apprit qu'elle avait été choisie pour jouer un des principaux rôles dans une pièce de théâtre. Les répétitions devaient commencer immédiatement.

— Je crois que je vais refuser, avait-elle dit à Richard.

— Pourquoi donc ? Es-tu devenue folle ?

— Noël approche. Mes parents vont être déçus si nous n'allons pas les voir cette année encore.

Pour le précédent Noël, Ellen avait eu la grippe,

et ils n'avaient pu prendre l'avion pour aller voir sa famille dans le sud de la Californie.

— Songe qu'ils n'ont pas vu Beth depuis sa naissance !

— Ils la verront. J'irai chez eux avec Beth.

— Oh ! Richard, être séparés pour Noël !

— C'est à toi de décider, chérie. Je sais combien tu désirais ce rôle.

Ainsi, quelques jours avant Noël, Ellen manqua une répétition pour accompagner son mari et sa fille à l'aéroport Kennedy. Elle regarda Richard monter dans l'avion avec Beth dans ses bras. Le petit visage entouré de boucles brunes était tourné vers elle, par dessus l'épaule de Richard. Beth avait perdu l'expression d'excitation satisfaite et sa bouche se plissait dans une moue chagrine en réalisant que Maman ne venait pas.

Refoulant ses larmes en se disant qu'elle avait un mari merveilleusement compréhensif, Ellen était revenue en ville. A cinq heures, en tournant le bouton de la radio, elle avait appris que l'avion n'avait pas quitté l'aérodrome. Il avait capoté au décollage et pris feu. Sur les soixante-dix passagers, il n'y avait que quatorze rescapés. Richard et Beth n'étaient pas parmi eux.

Pas une seconde, Ellen n'avait pensé à se conformer à la tradition du théâtre et à continuer de jouer. Effondrée, le cœur brisé, elle était allée chercher refuge chez ses parents en Californie. Il lui avait fallu deux mois pour réaliser qu'elle ne serait jamais plus la jeune fille insouciante qui avait vécu là, une enfance heureuse. Elle était revenue à New York. Pendant quelque temps, elle avait partagé l'appartement d'une amie qui était professeur, puis cette amie s'était mariée et depuis, Ellen vivait seule.

Durant les sept dernières années, elle avait successivement interprété des rôles d'infirmières, de secrétaires, de jeunes épouses à la télévision. Elle avait probablement eu un travail plus régulier dans sa profession que la plupart des autres comédiennes. Cependant, sauf par des gens du métier, son nom n'était pas connu. Il y avait maintenant toute chance pour que cela continuât ainsi.

Si seulement les auteurs dramatiques écrivaient davantage de rôles comme celui de Candida ou de Hedda Gabler pour des comédiennes de plus de trente ans... mais ils ne le faisaient pas. Aujourd'hui, si vous n'étiez pas assez vieille pour jouer le personnage principal dans « Quarante carats », mieux valait être assez jeune pour interpréter l'adolescente de « Chalk garden ».

Dans ce cas, pourquoi persistait-elle dans une carrière qui lui apportait si peu de notoriété et des revenus aussi irréguliers ? Pourquoi avait-elle repoussé ce jeune avocat qui voulait l'épouser cinq ans plus tôt ? et le caméraman qui s'était déclaré l'été dernier ? Pourquoi n'avait-elle pas fait plus d'efforts pour retenir Charles ? Devenue sa femme, elle n'aurait plus eu à se soucier des messages laissés aux abonnés absents. Elle n'aurait plus eu besoin de ce service téléphonique, alors pourquoi ?

Elle le savait bien. Une fois de temps en temps, en sortant du plateau de télévision, ou en saluant sur une scène de théâtre en tournée, elle avait eu l'impression qu'elle avait bien réussi ce qu'elle avait à faire. Et ces moments-là, aussi rares qu'ils pussent être, lui apportaient plus de satisfaction qu'elle n'en tirerait à épouser un homme qu'elle n'aimerait pas.

De plus, si elle parvenait à se maintenir, dans dix ans elle pourrait aborder les rôles de composition.

Près de son lit, le téléphone sonna. Posant son livre, elle décrocha :

— Allo ?

— Miss Stacey ? dit une voix sourde, ou bien est-ce Mrs Stacey ?

— Qui parle ?

— Peu importe. Occupons-nous plutôt de vous. Vous êtes en bonne santé n'est-ce pas ?

Elle fit un mouvement pour éloigner le récepteur de son oreille. Comme s'il avait pu deviner son geste, son correspondant poursuivit :

— Ne raccrochez pas. Je vais vous donner un conseil amical : si vous voulez continuer à bien vous porter, occupez-vous de vos affaires !

Il y eut un déclic. Ellen replaça l'appareil sur son socle. Quelqu'un avait regardé trop de mauvais films de gangsters. C'était tout de même beaucoup pour une seule journée.

Cette pitoyable petite fille qui lui disait « Laissez-moi tranquille » et plus tard, « Ne m'approchez pas ou bien ils vous auront ».

Il serait absurde de penser que cet appel téléphonique d'un maniaque ait un rapport quelconque avec les hallucinations d'une enfant droguée.

Avec détermination, Ellen ouvrit son livre, mais elle n'arrivait pas à fixer son attention. Des visages se superposaient entre les caractères imprimés. Cecily, avec ses grands yeux gris et son menton pointu. Le visage de porcelaine de Janet Vandering, celui de Dale Haylock qui ne parvenait pas à contrôler sa colère en discutant avec le portier. Le vieux visage ridé d'Amanda Mainwaring avec ses yeux brillants sous son chapeau démodé. Soudain, elle se souvint d'autre chose. Ce n'était pas un visage, mais une silhouette massive contre laquelle, elle s'était heurtée en sortant sur la terrasse aux Cloîtres.

Pour la première fois, elle se demanda si cet homme n'aurait pu être le fournisseur de l'enfant. Mais non, jamais un trafiquant ne resterait près d'un client. Jamais il n'attendrait que la drogue ait fait son effet. Il s'esquiverait au contraire en vitesse.

Puis ses pensées se tournèrent vers cet appel téléphonique. Etait-ce un homme qui avait parlé ? Sur le moment, elle l'avait cru, mais si une femme assourdissait sa voix...

Avec un soupir, elle regarda l'heure. Onze heures dix. Si elle ne pouvait lire, mieux valait essayer de dormir.

Dès qu'elle eut éteint, les yeux gris de Cecily, si semblables à ceux de Beth, lui apparurent. Elle ralluma et prit son livre.

A une heure et demie, elle lisait encore.

*
* *

Dans son rêve, le dormeur tendait un paquet en plastique transparent à Cecily. Elle en tirait une boîte d'allumettes et s'approchait d'un petit baraquement, peut-être une cabane à outils, qui n'était pas dans le rêve, un moment plus tôt. Elle frottait l'allumette et se penchait sur une brindille pour enflammer le bois. Puis elle frottait une autre allumette et une autre encore, jusqu'à ce que la cabane soit devenue une véritable torche.

Dans la rue une voiture démarra. Le dormeur s'éveilla et sourit au symbole exprimé par ce rêve. Il n'y avait pas de l'héroïne dans l'enveloppe mais des allumettes. Des allumettes grâce auxquelles une structure apparemment solide pourrait être réduite en cendre.

Toujours souriant, le dormeur se retourna dans son lit et ferma les yeux.

CHAPITRE V

Le lendemain, Ellen ne put pas davantage échapper au souvenir de Cecily. En s'habillant pour aller à son audition, elle revoyait le petit visage avec les yeux gris aux pupilles contractées. Sur la scène, elle eut du mal à donner la réplique à son partenaire. En sortant, elle se dit qu'elle ne serait pas retenue par le producteur.

Il lui fallait prendre des nouvelles de Cecily. Au moins pour savoir comment elle allait. Ensuite, elle pourrait peut-être faire face à ses propres préoccupations. Dans l'annuaire d'une cabine téléphonique, elle trouva le numéro de la clinique Carson.

— Vous avez une jeune malade du nom de Cecily Vandering, pourriez-vous me dire comment elle va ?

— De la part de qui ?

— Ellen Stacey.

— Un instant, je vous prie. Au bout d'un moment, la voix reprit : je regrette, mais vous devez faire erreur, nous n'avons pas de malade de ce nom.

— Puis-je parler au Dr Carson ?

— Il est absent aujourd'hui.

Ellen raccrocha. De toute évidence, des instructions avaient été données pour que rien ne transpirât hors de la clinique. Il était inutile d'appeler la mère de Cecily. Mrs Vandering avait clairement manifesté son intention de ne pas poursuivre de relations entre Ellen et sa fille. Mais le père de Cecily réagirait-il de la même manière ? Elle se pencha à nouveau sur l'annuaire.

La résidence personnelle d'Howard Vandering n'y figurait pas, cependant il existait un numéro correspondant au Consortium Vandering dans Madison Avenue. Elle composa le numéro de téléphone et fut mise en communication avec différentes secrétaires avant d'entendre une voix masculine lui répondre :

— Howard Vandering à l'appareil, Miss Stacey. Etes-vous la jeune personne qui vous trouviez aux Cloîtres hier après-midi ?

— Oui, c'était moi.

— Vous serait-il possible de venir à mon bureau ?

— Tout de suite ?

— Si cela vous convient.

— Très bien. Je ne suis pas très loin.

— Montez directement au dix-huitième étage, inutile de vous arrêter à la réception au seizième.

Dix minutes plus tard, une secrétaire l'introduisit dans un bureau confortable. Un homme, brun, solidement bâti, paraissant une cinquantaine d'années, se leva pour l'accueillir. Son sourire ne cachait pas l'anxiété chronique qui se lisait dans ses yeux noirs.

— C'est très aimable à vous d'être venue, Miss Stacey. Je suis Howard Vandering. Voici mon frère Leonard.

Ellen vit un autre homme mince et blond qui se leva à son tour. Il paraissait quinze ans de moins que Howard Vandering. Sans doute montrat-elle sa surprise, car ce dernier ajouta :

— Len et moi sommes demi-frères. Mais je vous prie, asseyez-vous. Avant tout, je tiens à vous remercier d'avoir ramené ma fille à la maison. Pourriez-vous me raconter ce qui s'est passé. Parlez librement, je n'ai pas de secrets pour Len.

— Il n'y a pas grand chose à dire. Je l'ai trouvée sur la terrasse aux Cloîtres. J'ai téléphoné à sa mère et je l'ai accompagnée chez elle.

— N'a-t-elle rien dit ?

— Si, mais votre... mais Mrs Vandering pense que cela ne signifie rien et sans doute a-t-elle raison. Cecily a prétendu qu'elle n'avait pas acheté la drogue. Ces paroles exactes étaient « ils me l'ont donnée ».

— Ils ? demanda le frère d'Howard.

Elle se tourna vers le jeune homme et sa première impression se trouva confirmée : Il était séduisant. Des yeux gris, comme ceux de sa nièce, au regard droit.

— Elle n'a pas précisé qui étaient ces « ils » et je ne lui ai pas demandé. D'abord, parce que je n'aurais probablement pas obtenu de réponse, ensuite parce que j'ai pensé que je n'avais pas le droit de la questionner, n'étant ni sa parente, ni un médecin.

— De toute façon, je ne crois pas qu'aucun de nous ait plus de succès, dit Howard Vandering avec accablement. J'ai appelé le Dr Carson à sa clinique, il y a environ une heure. Il n'a même pas essayé de la questionner. Nous n'apprendrons rien de plus que la dernière...

— Mrs Vandering m'a appris qu'il y avait eu un épisode similaire au printemps dernier, répondit Ellen avec gêne.

Il y eut un court silence, puis Howard Vandering demanda :

— Ma fille a-t-elle dit autre chose ?

— Oui, en revenant dans le taxi, elle m'a prise pendant un instant pour quelqu'un appelé Amy...

Elle s'interrompit en voyant l'expression de tristesse se refléter dans les yeux de Howard Vandering. Il expliqua :

— Amy Thornhill était une personne qui nous était très chère, à ma fille et à moi. Je vous en prie, continuez, Miss Stacey.

— Eh bien, quand Cecily eut réalisé son erreur, elle m'a dit : « ne m'approchez pas, ou bien, ils vous auront comme ils ont eu Amy ». Je lui ai demandé qui était Amy et elle m'a répondu : « elle était mon amie, alors ils l'ont tuée. »

— Oh ! mon Dieu, s'écria le père de Cecily. Après un instant d'hésitation, il expliqua : Amy a été assassinée par des cambrioleurs qui s'étaient introduits chez elle. Son amitié pour Cecily n'a rien à voir avec sa mort. Si elle m'en avait parlé, j'aurais pu le lui expliquer, mais elle ne dit jamais rien. C'est une enfant très secrète. Jamais je n'aurais pensé qu'elle était tourmentée par l'idée que...

— Il en est souvent ainsi. Les parents sont les derniers à qui certains enfants se confient.

Il lui adressa un regard reconnaissant. Timidement, Ellen demanda :

— Puis-je vous téléphoner dans quelques jours pour avoir de ses nouvelles ?

— Mais bien sûr. Je serais même ravi si vous acceptiez de la revoir.

— Moi ? Pourquoi donc ?

— Elle s'est souvenue de vous. Le Dr Carson m'a dit qu'elle avait répété à plusieurs reprises : « elle me plaît, elle est gentille. »

L'émotion qu'Ellen ressentit venait à la fois de la petite fille vivante et de celle qui l'avait regardée une dernière fois par dessus l'épaule de Richard.

— Je ne sais pas si je dois la revoir. Je crains de ne pouvoir l'aider. Nous en reparlerons.

— Quelle que soit votre décision, je vous remercie encore.

Quand elle se leva, les deux hommes se mirent debout. Elle serra la main d'Howard Vandering et se tourna vers son frère.

— Je m'en vais aussi, dit-il en écrasant sa cigarette dans un cendrier d'onyx. A bientôt Howard.

Une fois sur le palier, Leonard Vandering pressa le bouton pour appeler l'ascenseur et demanda sans autre préambule :

— Voulez-vous dîner avec moi ce soir ?

Surprise, elle répondit :

— Y a-t-il quelque chose au sujet de votre nièce dont vous aimeriez discuter ?

— Ce serait un excellent prétexte, mais la vérité est que j'aimerais vous connaître mieux.

Indécise, elle le considéra. Séduisant, certes, mais si comme Charles...

— Non, dit-il, je ne l'ai jamais été.

— Quoi donc ?

— Marié.

Elle se mit à rire.

— Puis-je venir vous chercher à sept heures ?

— Entendu, dit-elle avant de lui donner son adresse.

En mangeant une dorade grillée dans un restaurant d'East-Side, Ellen lui parla de son travail, puis elle demanda à son tour :

— Et vous ? Faites-vous également partie du Consortium Vandering ?

— Non. Cette affaire appartient à Howard ainsi d'ailleurs que la fortune Vandering. Mon père ne m'a laissé que vingt mille dollars et sa bénédiction.

Déconcertée par cette franchise, elle chercha une réponse convenable.

— N'est-ce pas un peu curieux ? dit-elle enfin.

— Non, je ne le crois pas. Howard a toujours été le préféré de Père. De plus, il n'a pas apprécié la façon dont j'ai dilapidé un petit héritage qui venait d'une sœur de ma mère, quand j'avais vingt ans.

— Le vin, le plaisir et les femmes ?

— Une partie s'est évaporée de cette manière, c'est vrai, mais j'ai dépensé la majeure partie de cet héritage en achetant trois goélettes qui faisaient du cabotage dans les Caraïbes. Père m'avait prédit que j'en savais autant sur le cabotage que sur la théorie des quanta, et il avait raison. En un an, tout a été ratissé.

— N'était-il pas bizarre de s'intéresser à ce genre de choses ?

— Pas pour un gosse passionné de Joseph Conrad.

— Que faites-vous maintenant ?

— De la peinture, un peu de sculpture.

Quelque chose dans le ton de la réponse, lui fit demander :

— Aurais-je dû entendre parler de vous ? Dans ce cas, je m'excuse. Le seul peintre contemporain que je serais capable de vous citer est Andrew Wyeth.

— Je n'ai pas sa classe, dit-il en riant, mais les tableaux que je peins maintenant sont également figuratifs, comme les siens. J'ai suivi la progression inverse de celle généralement adoptée. De la peinture abstraite, j'en suis venu à l'impressionnisme. J'aimerais vous montrer certaines de mes toiles.

— Je serais heureuse de les voir.

— Nous pouvons aller chez moi après dîner. J'ai un appartement et un atelier dans la partie basse d'East Village.

Elle le considéra d'un air soupçonneux. A nouveau, il se mit à rire.

—Je vous propose de voir mes toiles. S'il se passait quoi que ce soit d'autre, cela dépendrait uniquement de vous.

Une heure plus tard, en gravissant les marches d'un escalier miteux, elle se sentit mal à l'aise. Bien sûr, l'homme qui montait devant elle, appartenait à l'une des familles les plus connues d'Amérique. Bien sûr, ses manières étaient franches et sympathiques, mais quel voisinage déconcertant ! D'ailleurs son ex-belle-sœur n'avait-elle pas montré sa désapprobation à son égard, et peut-être pas seulement pour l'affaire des cigarettes de marijuana ?

Comme ils parvenaient au troisième étage, une porte s'ouvrit et une jeune femme d'une vingtaine d'années, portant une robe collante ressemblant à un long tricot de corps masculin, apparut. Elle était pieds nus et tenait un bébé sur sa hanche.

— Salut, Len, j'ai cru que c'était quelqu'un d'autre.

— Bonsoir Barbara. Avez-vous des nouvelles de Charlie ?

— Il va bien. Il travaille à la bibliothèque de la prison.

Avec un sourire, elle referma sa porte.

— Son mari a eu un différend avec le contremaître de son usine. Il l'a... étendu pour le compte.

Au dernier étage, la porte était fermée au moyen d'un cadenas.

— Dans ce quartier, si vous vous laissez faire, on vous retire vos chaussures pendant que vous marchez.

— Aimez-vous vivre ici ?

— Assurément. En dehors de quelques mauvais sujets, il n'y a que de braves gens. Pas seulement des jeunes, mais de vieilles personnes qui habitent là depuis le temps où Cleveland était Président des Etats-Unis. A côté de chez moi vit un vieux poète, le seul en Amérique qui publie des poèmes en yiddish.

53

Ouvrant la porte, il alluma la lumière. Ellen entra et regarda autour d'elle. Les murs étaient tapissés de panneaux en bois satiné. Du plafond bas, tombait une lumière tamisée, éclairant un tapis persan, des chaises et des fauteuils modernes et une table, exécutés sur commande, sans nul doute, avec des planches de quinze centimètres d'épaisseur.

— Cela vous plaît-il ?

— C'est très beau.

Elle pensait aussi que c'était incompréhensible. Pourquoi choisir un quartier rempli de pouilleux, de hippies ou de gens trop pauvres ou trop vieux pour aller vivre ailleurs, et dépenser visiblement une petite fortune dans un tel appartement ?

Il parut lire dans ses pensées :

— Comme je vous l'ai dit, j'aime bien les gens qui sont ici, mais puisque je peux me permettre de vivre différemment, pourquoi ne le ferai-je pas ?

Il tourna le bouton d'un appareil haute-fidélité. Les premières mesures de l'Opéra de quatre sous, de Kurt Weils retentirent.

— Puis-je vous offrir un whisky que nous boirons en faisant le tour du propriétaire ? Je crains de n'avoir pas autre chose.

— Ce sera parfait.

Il se dirigea vers une petite cuisine. Par la porte ouverte, elle le vit sortir des verres et prendre des glaçons dans le réfrigérateur. Quand il revint avec les deux verres, il lui en tendit un en disant :

— Par ici.

De l'autre côté de la pièce se trouvait une autre porte. Il alluma des tubes de lumières fluorescentes qui tombaient d'une verrière. En pénétrant dans l'atelier, Ellen vit des toiles sans cadre, alignées contre un mur et une table couverte de tubes de peintures et de pinceaux. Soudain, elle s'écria :

— Qu'est-ce que cela ?

Dans un coin de la pièce se dressait un groupe

de quatre personnes grandeur nature, apparemment moulées dans du plâtre. Il y avait deux hommes, une femme et un petit garçon. La main droite du plus âgé des deux hommes reposait sur l'épaule du plus jeune. Les quatre personnages regardaient droit devant eux avec un même sourire.

— Cela fait partie de ma période pop. Je l'ai intitulé Groupe familial.

En s'approchant Ellen remarqua avec étonnement :

— Mais on dirait qu'ils portent un masque !

— En effet, regardez.

Un par un, il défit l'élastique qui maintenait les masques en place. Ellen eut un choc. Sauf le petit garçon, tous les personnages souriaient mais la qualité de leur sourire était changée. Maintenant, le regard tourné sur le côté, le père souriait avec orgueil en considérant son fils aîné, dont le propre sourire était un peu contraint. Le sourire de la mère était si anxieux qu'il se transformait presque en grimace, quant au petit garçon, il levait les yeux vers son père et son frère aîné avec un regard plein d'envie et d'amertume.

— Pourquoi avez-vous fait cela ?

— Pour m'en débarrasser. C'était un moyen plus rapide, plus économique et moins douloureux que d'avoir recours à un psychiatre.

— Votre famille ressemblait-elle vraiment à cela ?

— Assez, je crois. Naturellement, quand j'étais gamin, je ne m'en rendais pas compte. Ce n'est que beaucoup plus tard que la vérité m'est apparue. La mère d'Howard avait été une de ces femmes qui ne s'intéresse qu'à sa famille. Cela a dû être pénible pour Père car il aimait recevoir. Il est le seul homme que j'aie jamais connu qui ait pris plaisir à ces grands bals de charité. Aussi, rien d'étonnant qu'après la mort de sa première femme, il ait épousé une mondaine frivole.

— Elle n'a pas l'air frivole.

— C'est de ma faute, ou du moins, Père a dû le penser. Après ma naissance, un changement complet s'est opéré en elle, comme Becket après que le roi ait eu la folie d'en faire un archevêque. Elle est devenue une de ces femmes anxieuses, se concentrant uniquement sur ses enfants, quatre-vingt-dix-neuf pour cent mère et un pour cent épouse ! Il n'est pas surprenant que Père ne m'ait pas porté dans son cœur. En un sens, je lui ai pris sa femme. Quand j'ai compris, j'ai été délivré.

Vraiment ? pensa Ellen, peut-on jamais guérir d'une blessure aussi profonde que celle qui se lisait sur le visage de cet enfant ?

Il lui prit le bras en souriant.

— Peut-être aimerez-vous mieux ma peinture.

Effectivement, elle lui plut davantage. Le premier tableau représentait un vieil homme, assis devant une table recouverte de feuilles de papier. Une lumière hivernale venant de la fenêtre éclairait son noble profil.

— Le seul poète américain écrivant en yiddish ?

— En effet.

Elle ne peut s'empêcher de rire en regardant le second tableau. Il s'agissait d'une transposition du célèbre tableau de Grand Wood, « American Gothic ». Dans le même style empesé, un couple de hippies la regardait en souriant. La fille, avec de longs cheveux retenus sur le front par un ruban, à la mode indienne, était la voisine du troisième étage, Barbara. Son compagnon barbu, au lieu de la fourche du tableau original, tenait à la main un symbole de paix fixé sur un manche en bois.

— L'homme qui a eu un différend avec son contre-maître ?

— Oui, c'est Charlie. J'ai terminé le tableau deux jours avant qu'il n'ait perdu son procès en appel. Que pensez-vous de celui-ci ?

C'était un portrait de Cecily dont les boucles brunes se détachaient sur le dossier en velours rouge du fauteuil. Le petit visage au menton pointu ne souriait pas. Les yeux gris, malgré leur regard direct, semblaient perdus dans un rêve intérieur.

— C'est très bon. Mrs Vandering l'a-t-elle vu ?

— Elle ignore même son existence. Je l'ai peint au cours d'un week-end, l'hiver dernier. Il ne plairait certainement pas à Janet.

Ils retournèrent au salon.

— Il faut que je m'en aille. J'ai beaucoup à faire à la maison demain, et le soir je vais peut-être jouer dans un film.

— Quel genre de rôle est-ce ?

— On peut à peine parler de rôle. Je dois porter une longue robe blanche. Je n'ai même aucun texte à dire. Nous tournons dans un vieux théâtre abandonné dans le haut de Broadway.

— Je vois... Puis-je vous demander si vous avez l'intention de revoir Cecily comme son père vous l'a demandé ?

— Je ne sais pas encore. Vous êtes son oncle. Pensez-vous que ce soit une bonne idée ?

— Pour elle, sans doute et Dieu sait si la pauvre gosse a besoin d'aide, mais je me demande si ce serait bon pour vous. Après tout, ce n'est pas votre fille.

— Vous pensez que je ferais mieux de m'occuper de mes affaires.

— Je n'ai jamais dit cela.

— Non, bien sûr. Cela me rappelle un coup de téléphone que j'ai reçu hier soir. Mon correspondant m'a dit que si je voulais rester en bonne santé, je ferais mieux de m'occuper de mes affaires. Puis il a raccroché.

Il se mit à rire :

— Ce doit être un plaisantin comme celui qui a adressé vingt télégrammes à des gens importants de la même ville, ainsi libellé : « Quittez la ville, tout est découvert ». Le lendemain, dix-neuf d'entre eux étaient partis !

— Je vois ce que vous voulez dire. Presque tout le monde a quelque chose à se reprocher. Cet appel n'est sans doute pas sérieux. Mais il est arrivé quelques heures après que j'ai ramené Cecily chez elle, aussi je n'ai pu m'empêcher de me demander si les deux choses n'étaient pas liées.

— Comment pourraient-elles l'être. Malgré sa crainte de la publicité, je vois mal Janet employer de tels moyens et tous ceux qui aiment Cecily ne peuvent que souhaiter toute aide que quiconque peut lui apporter. Devez-vous vraiment partir maintenant ?

— Oui, j'ai une journée chargée demain.

— Très bien, je vais appeler un taxi, vous n'en trouveriez pas dans le quartier.

CHAPITRE VI

A huit heures, le matin suivant, en compagnie de deux autres figurantes, une actrice d'origine anglaise, aux cheveux gris, et une jeune femme toute ronde, spécialisée dans les voix d'enfants à la radio, Ellen gravit l'escalier mal éclairé conduisant au premier balcon. Devant les trois femmes, un jeune assistant, nommé Gene Walsh, ouvrait le chemin. L'air sentait la poussière, le moisi et le renfermé. Des bruits divers perçaient l'obscurité, grincements d'une scie à métaux, coups de marteau.

— Seigneur ! s'exclama Araminta Lee, vont-ils démolir le théâtre au-dessus de nos têtes ?

— Oui, répondit Gene, comme ils croisaient deux ouvriers, l'un portant une boîte à outils, l'autre une lampe à acétylène, je crois que l'entreprise de démolition est en retard sur son contrat. Regardez où vous mettez les pieds.

Ellen manœuvra pour éviter les gravats et regarda sur sa droite, vers l'entrée sur le côté du balcon. En bas, sur la scène, l'équipe des électriciens mettait les projecteurs en place sous les ordres d'un jeune directeur portant une casquette de joueur de base-ball.

— Vous pouvez vous changer ici, Mesdemoiselles, dit Gene en s'arrêtant devant une porte sur laquelle une feuille de papier avait été fixée au moyen d'une punaise. On pouvait lire « Vestiaire pour dames ».

Avec un œil plein de suspicion, Araminta s'approcha, souleva le papier et se retourna en disant avec indignation :

— Vous nous mettez dans les toilettes pour hommes !

— Ecoutez...

— Il y a longtemps que nous ne nous attendons plus à être traitées comme des vedettes, mais vous auriez quand même pu nous mettre dans les toilettes pour dames !

— Eh bien non, justement. On est en train de les démolir. D'ailleurs, ne vous plaignez pas, on vous a installé une loge avec sièges, miroir, tout le confort. Voyez plutôt.

Par-dessus l'épaule d'Araminta, Ellen vit trois chaises en bois sur le sol dallé. Contre le mur, une vieille coiffeuse offrait un miroir dépoli. Trois ceintures en fer pendaient à un clou.

— Dépêchez-vous de vous changer, dit-il en se retirant.

— Ce qui nous pousse à rester dans la profession, c'est les égards que l'on a pour nous, dit Araminta en ouvrant la petite valise qu'elle avait apportée.

— Bien sûr, renchérit Jane Barlett avec la voix d'une petite fille de six ans, c'est ce qui rend le métier si irrésistible !

Ellen sourit. Ces artistes ! Elles maugréaient tout le temps, mais pour rien au monde, elles n'auraient abandonné. Agenouillée par terre, elle ouvrit sa propre valise.

Ayant revêtu leurs robes blanches, les trois femmes se regardèrent.

— Je me demande si nous représentons des jeunes mariées, dit Jane.

— Des débutantes, corrigea Araminta, avec un haussement d'épaules.

Au même instant, une voix s'éleva.

— Nous allons procéder à une répétition, leur dit Gene. Ellen, placez-vous au centre. Araminta, mettez-vous en haut, à droite, et vous Jane, à gauche. Quand je vous donnerai le signal, vous irez en courant jusqu'à la rampe du balcon et vous vous pencherez au-dessus en criant.

— Courir, dit Araminta, à mon âge ?

— Le plancher est en pente et vous n'avez pas de marches à descendre. Vous pouvez retirer vos souliers.

— Bon, mais si je me romps les os, vous saurez ce que cela vous coûtera.

— Oui, oui, c'est entendu. Allons, prenez vos places.

Ellen monta jusqu'au centre et regarda vers la rampe. Au-dessous le directeur se tenait sur la scène, un micro à la main. Deux preneurs de son étaient venus rejoindre les éclairagistes, près des projecteurs.

— Prêts là-haut, Gene, dit la voix du directeur amplifiée par le micro.

— Nous sommes prêts, Mr Claypool.

— Parfait, nous allons faire un essai, Mesdemoiselles. Dès que vous arriverez à la rampe, criez très fort. Compris ? Terminé.

Les projecteurs s'allumèrent. Eblouie, Ellen ne distingua plus rien de ce qui l'entourait. Gene frappa dans ses mains et elle s'élança. Elle heurta la rampe plus tôt qu'elle ne s'y était attendu et avec une violence qui lui coupa le souffle. Néanmoins, elle eut la force de crier en se penchant sur les fauteuils d'orchestre.

— C'est bien, cria le directeur, sauf que la figurante du milieu devra crier plus fort.

Les lumières s'éteignirent.

— Retournez dans votre loge, dit Gene, nous reprendrons la scène dans vingt minutes.

— Je me demande si la compagnie d'assurances me paierait un dédommagement pour ce coup à l'estomac, dit Ellen.

— Vous aussi ? dit Jane en regagnant leur « loge ».

— Tenez les mains en avant, la prochaine fois, conseilla Araminta.

— Je me demande quel est le sujet de ce film.

— C'est peut-être une nouvelle version d'un vieux film qui sera intitulé « Les fantômes de l'opéra » !

Araminta éclata de rire et n'eut pas le temps de répondre car la porte s'ouvrit. Un ouvrier en bleu de travail, avec un casque jaune sur la tête regarda avec stupéfaction, ces trois femmes, en robes blanches. Sans demander son reste, et sans proférer la moindre parole d'excuse, il referma précipitamment la porte. Pendant quelques secondes, il y eut un silence. Puis Araminta murmura :

— Je me demande...

Elle sortit et revint en disant :

— C'est bien ce que je pensais : la feuille de papier est tombée.

— L'avez-vous remise en place sur la porte ?

— Non. Si nous avons encore longtemps à attendre, nous aurons peut-être l'occasion de jouer les fantômes et d'effrayer un autre pauvre diable !

Mais, moins d'une minute plus tard, Gene les appela.

Ellen reprit sa place au centre. Les projecteurs s'allumèrent.

Ellen attendit le signal et se mit à courir, en aveugle, les mains en avant à hauteur de la taille. Elle agrippa la rampe métallique et se pencha au-dessus.

Alors elle poussa un hurlement. Ellen n'eut pas

à se forcer car une portion de la rampe avait cédé, la projetant en avant, déséquilibrée, sur le vide. Comme si le temps s'était soudain arrêté, les secondes qui suivirent lui parurent durer une éternité. Avec un sursaut désespéré, elle parvint à faire un rétablissement et put lâcher la barre métallique qui tomba sur les fauteuils d'orchestre. Une main lui saisit le poignet droit, un bras la prit par la taille. Avec toujours l'impression que le temps s'écoulait avec une désespérante lenteur, elle se retrouva à l'intérieur du balcon, ses deux pieds reposant enfin sur le sol.

Le bras encerclant encore sa taille, Gene demanda :

— Vous n'avez rien de cassé ?

— Non, parvint-elle à murmurer.

D'en bas, s'éleva la voix amplifiée de Mr Claypool :

— Est-elle blessée ?

—Je ne le pense pas, cria Gene.

— Donnez de la lumière sur le balcon, je me tue à vous le répéter.

Se tuer. C'était presque ce qui qui était arrivé. Soudain sans force, elle s'appuya au bras de Gene. Tandis qu'il la soutenait pour la ramener en arrière, elle eut vaguement conscience de deux silhouettes blanches qui venaient à sa rencontre.

Vers onze heures, le lendemain matin, enveloppée dans sa robe de chambre, Ellen était assise dans un fauteuil devant sa fenêtre ouverte. Apparemment, ce serait une de ces années sans printemps. Lundi dernier, les New Yorkais grelottaient sous des températures proches de zéro, maintenant le soleil était aussi chaud qu'en juillet. En une seule nuit, les feuilles des arbres, de l'autre côté de la rue, étaient devenues vertes.

Elle se sentait un peu engourdie, aussi bien moralement que physiquement. Cela était dû aux pilules qu'elle avait absorbées la veille. Mr Claypool avait insisté pour qu'elle se rendît en taxi, en compagnie de Gene et d'Araminta, jusqu'à l'hôpital le plus proche. Là, un médecin l'avait examinée et lui avait donné trois petites pilules qui l'aideraient, avait-il précisé, à dissiper toute raideur musculaire. Comme elle protestait qu'elle ne ressentait aucune raideur, il avait dit : cela viendra.

Il avait raison. À son réveil, ce matin, le seul fait de sortir de son lit avait été un effort pénible. Mais, à présent, après une bonne douche chaude et avec ce gai soleil qui brillait, elle se sentait presque guérie.

Cependant ce que Gene Walsh venait de lui dire au téléphone la préoccupait. Après lui avoir demandé de ses nouvelles, il avait ajouté — Mr Claypool et l'inspecteur de la compagnie d'assurances ont passé des heures au théâtre hier soir et encore ce matin. Autant que l'on peut en être sûr, voici ce qui s'est passé : quand Mr Claypool a décidé de louer le local pour quarante-huit heures, la compagnie de démolition avait déjà retiré les rampes des deux balcons, aussi a-t-il chargé sa propre équipe de remettre les rampes en place et l'un des ouvriers a dû faire une erreur car la section qui a lâché provient du deuxième balcon. Celle-ci a, en effet, deux centimètres de moins. C'est suffisant pour mettre les écrous en place, mais pas assez pour les visser solidement de chaque côté.

— Pourtant cela m'a paru solide à la répétition.

— Oui, aussi a-t-on pensé que vous les aviez probablement descellés à ce moment-là, de sorte que la seconde fois... à propos, je crois que la compagnie d'assurances va vous offrir cent dollars de dédommagement.

Le ton volontairement neutre lui apprit qu'il

considérait cette proposition beaucoup trop basse. Bien qu'elle partageât ce point de vue, elle accepterait. Les comédiennes de peu de renom qui se faisaient connaître pour leurs revendications se trouvaient bientôt sans offre de travail.

— Merci de me prévenir. Au fait, quel est le sujet de ce film ?

— Du diable si je le sais ! Je me contente de crier « Silence, on tourne », mais je connais le titre de cette œuvre immortelle. C'est « Au revoir, doux pistachio ».

Ellen ne put s'empêcher de rire.

— Je suis content de vous amuser. Bon, je vais vous laisser. A bientôt, j'espère.

Ellen souriait toujours en revenant s'asseoir, mais son visage se rembrunit. Il était vraiment bizarre que la rampe ait résisté au premier choc, pour céder aussi facilement vingt minutes plus tard. Subitement une pensée lui vint : Et si durant ces vingt minutes, quelqu'un avait changé cette section de rampe pour la remplacer par une autre plus courte ?

Plus de trente hommes en vêtements de travail, manœuvres, démolisseurs, et toute l'équipe cinématographique étaient rassemblés dans ce vieux théâtre. Un ou deux hommes auraient facilement pu se glisser dans la place et passer inaperçus. Dans la pénombre, la substitution aurait été aisée. Mais dans ce cas, pourquoi ? Qui aurait eu intérêt à envoyer à une mort certaine une actrice inconnue ?

Cecily avait parlé de ces mystérieux « ils », et il y avait eu cet avertissement téléphonique, lundi soir...

Allons, c'était ridicule. Personne, connaissant Cecily Vandering, ne pouvait savoir qu'elle se trouverait ce soir dans ce théâtre.

Elle réalisa alors que Leonard Vandering le savait. Elle lui avait elle-même appris qu'elle travaillerait mercredi soir dans un théâtre désaffecté dans le haut de Broadway. Il était d'autant plus facile de deviner lequel que des camions de l'équipe cinématographique se trouvaient depuis plusieurs heures sur les lieux.

Pourtant, en dépit de ce déconcertant « groupe familial », Len lui plaisait. Il lui était impossible de l'imaginer se faufilant dans le théâtre sous un déguisement, ni même engageant quelqu'un pour cette besogne. Si ce n'était lui, qui cela aurait-il pu être ? N'importe qui, à la vérité ! Même les gens les moins informés savent quelle confusion règne sur un plateau lors d'un tournage, et ce vieux théâtre offrait un endroit idéal pour organiser un « accident ».

Cependant, il était absurde de se laisser obnubiler par cette idée. Tous les jours, il se produit des accidents, parfois mortels, dus à la négligence.

Malgré tout, avait-elle le droit d'écarter complètement la préméditation ? Oui, en ce qui la concernait, mais il en allait autrement de Cecily Vandering. S'il existait la plus petite chance pour qu'elle fût victime de gens mal intentionnés, il fallait en avoir le cœur net. Pour cela, elle devrait revoir le père de l'enfant afin de lui rappeler les paroles de sa fille et de lui faire part de cet appel téléphonique et de cet accident. Ce serait alors à lui de prendre une décision ou de juger s'il devait pousser les investigations plus loin ou abandonner l'affaire.

Elle se préparait à décrocher le téléphone quand il se mit à sonner.

— Ellen ? Ici Len Vandering.

— Oh ! bonjour. Comment allez-vous ?

— On ne peut mieux, et vous ?

— Assez bien, si l'on considère que j'ai failli me tuer hier.

— Vous... quoi ?

— Une rampe de balcon a cédé dans ce vieux théâtre dont je vous ai parlé et elle est allée s'écraser sur les fauteuils d'orchestre.

— Bon sang ! Mais vous n'avez eu aucun mal ?

— Je m'en suis tirée avec quelques bleus et un dos douloureux.

— Vous devriez poursuivre cette firme cinématographique, elle est civilement responsable.

— En effet, mais je ne le ferai pas. J'ai besoin de travailler.

— Oh ! c'est ainsi que les choses se passent ? C'est assez scandaleux... Si nous dînions ensemble ce soir pour en discuter ?

— Je regrette, Len, mais je suis trop fatiguée pour sortir.

Aussi sympathique que fût Leonard Vandering, mieux valait d'abord avoir une conversation avec son frère avant de le revoir.

— Demain soir, alors ?

Il faudrait peut-être plusieurs jours avant de rencontrer Howard Vandering.

— Je crains d'être prise toute cette semaine.

— Puis-je vous appeler au début de la semaine prochaine ? dit-il sur un ton plus froid.

— J'aurai grand plaisir à vous entendre.

— Très bien, j'espère vous revoir bientôt.

Elle chercha le numéro de Consortium Vandering sur l'annuaire. Ayant obtenu la secrétaire particulière d'Howard, celle-ci lui apprit qu'il était à Tolédo.

— Savez-vous quand il sera de retour ?

— Je l'ignore, mais peut-être Mr Reardon pourrat-il vous renseigner, désirez-vous lui parler ?

— Qui est Mr Reardon ?

— Mr Daniel Reardon est l'associé de Mr Vandering. Ne quittez pas, s'il vous plaît.

Une voix grave s'éleva :

— Allo, Miss Stacey, Dan Reardon à l'appareil.

L'oreille exercée d'Ellen détecta aussitôt l'accent faubourien.

— Bonjour Mr Reardon. Pouvez-vous me dire quand Mr Vandering sera de retour ?

— Pas avant la fin de la semaine. Puis-je faire quelque chose pour vous ? Cela concerne-t-il sa fille ?

— Mais... comment savez-vous ?

— Howard et moi sommes très liés, Miss Stacey. Il m'a raconté cette déplorable affaire des Cloîtres et m'a parlé de votre visite. Voulez-vous son numéro de téléphone à Toledo ? Si c'est important, il reviendra.

Il serait difficile, au téléphone, de faire part à Howard Vandering du malaise qu'elle ressentait. Elle ne pouvait prendre le risque de le faire revenir avec quelques phrases vagues mais alarmantes, surtout qu'il pourrait décider, une fois sur place, que son inquiétude était sans fondement.

— Miss Stacey ? Etes-vous toujours là ?

— Oui.

— Voulez-vous me dire de quoi il s'agit. Je pourrai alors vous conseiller pour savoir s'il est ou non opportun d'appeler Toledo... Naturellement si c'est trop personnel...

— Non, ce n'est pas cela. S'il vous a parlé des... difficultés de sa fille, je pense qu'il ne verrait pas d'objection à ce que je vous dise...

— Ecoutez, voulez-vous que nous déjeunions ensemble ?

— Aujourd'hui ?

— Pourquoi pas ? Pouvez-vous être prête à une heure et demie ?

— Facilement.

Il lui donna le nom d'un restaurant réputé et ajouta :

— Je serai là le premier. Vous n'aurez qu'à demander ma table au maître d'hôtel.

CHAPITRE VII

Ellen comprit que Dan Reardon était considéré comme un client important quand le maître d'hôtel lui-même la pilota à travers la salle de restaurant bondée de gens élégants, assis devant des tables garnies de fleurs dans un vase en cristal.

Assis sur une banquette en cuir, dans un angle, un homme se leva à son approche. Elle constata que c'était un bel homme d'environ trente-cinq ans, avec des cheveux noirs frisés, coupés courts, un visage bronzé et viril et des yeux bleus qui, pour le moment, paraissaient surpris et charmés. Quand ils furent assis, il remarqua :

— Howard m'avait dit que vous étiez actrice. Vous ressembler davantage à une institutrice.

— Vraiment ?

— C'est un compliment. Certaines de nos plus jolies filles sont dans l'enseignement aujourd'hui. Je vous trouve charmante.

— Merci.

Avec amusement, elle s'aperçut qu'il avait l'air déconcerté et même un peu intimidé — ce qui était certainement rare chez cet homme sûr de lui.

Quand le garçon eût pris la commande de deux Manhattan, Dan Reardon demanda :

— Voulez-vous me dire maintenant ce que vous avez sur le cœur ou préférez-vous attendre ?

— J'aime autant vous parler tout de suite.

Elle s'arrêta, ne sachant par où commencer.

— C'est au sujet de Cecily, n'est-ce pas ?

— Oui. Son père vous a-t-il répété ce qu'elle m'avait dit ?

— Au sujet d'individus qui lui auraient donné de la drogue et qui auraient tué Amy Thornhill parce qu'elle était son amie ?

— Oui, naturellement ces propos m'ont paru fantastiques, comme à ses parents et je suppose que vous avez la même impression. Mais lundi soir...

Le garçon plaça les cocktails devant eux et prit leur commande de « veau marengo ».

Ellen reprit son récit et parla de l'appel téléphonique et de l'accident dont elle avait failli être la victime. Dan Reardon l'écouta sans la quitter des yeux et il lui sembla qu'il pâlissait sous son hâle.

— Ce matin j'ai repensé à tout cela, conclut-elle. Je vous en prie, ne vous méprenez pas. Je sais qu'il y a peu de chance pour que ces faits aient un rapport entre eux. Il existe certainement des coïncidences plus étonnantes dans la vie.

— Je comprends, cependant...

— J'ai pensé que je devais prévenir M. Vandering. Il décidera peut-être qu'il est prudent de placer un détective auprès de sa fille.

— Je le lui ai suggéré l'année dernière, mais Mrs Vandering a prétendu que cela aurait un mauvais effet sur Cecily. A mon avis, elle savait que la directrice de l'école ne le tolérerait pas. Si cela se savait les parents des autres élèves retireraient leurs enfants.

L'Ecole Mainwaring. Amanda Mainwaring avec son beau visage ridé et ses yeux bleus qui avaient soudain brillé d'un si vif éclat...

— Qu'y a-t-il ? demanda Dan Reardon.

— Quelque chose dont je viens juste de me souvenir. Après avoir quitté Mrs Vandering lundi dernier, je suis passée devant l'école de Cecily. Une vieille dame m'a abordée en me disant qu'elle s'appelait Amanda Mainwaring. Avez-vous entendu parler d'elle ?

— Je connais son agent de change. Il prétend que son hôtel particulier est rempli de meubles anciens ayant une grande valeur. Il a essayé de lui en acheter, sans succès.

— Elle possède un hôtel particulier pour elle toute seule ?

— Oui, elle a hérité de cette maison et d'une fortune considérable, il y a plus de vingt ans.

Ce n'était donc pas seulement une vieille femme un peu folle, mais une vieille dame qui disposait de moyens financiers suffisants pour s'assurer des complicités.

— Pour en revenir à Howard, reprit Dan Reardon, je lui dirai à nouveau qu'il devrait faire surveiller sa fille par un détective. Il parviendra peut-être à convaincre sa mère cette fois-ci. Mais au fait, et vous ?

— Je n'ai pas les moyens de m'assurer les services d'un détective privé, dit-elle en souriant et je doute de pouvoir convaincre la police que j'aie besoin d'un garde du corps, surtout parce que je ne le crois pas moi-même. J'ai décidé d'oublier toute cette histoire.

Après un silence, il dit avec beaucoup de sérieux :

— Très bien, mais j'espère que dorénavant, vous regarderez des deux côtés de la rue avant de traverser.

— Et je tiendrai ma porte fermée à double tour. Rassurez-vous, j'en ai bien l'intention.

Le garçon vint leur apporter les plats. Quand il fut reparti, Ellen demanda :

— Connaissez-vous Leonard Vandering ?

— Le jeune frère d'Howard ? Bien sûr. Pourquoi cette question ?

— J'ai dîné avec lui mardi dernier... Que pensez-vous de lui ?

— Oh ! c'est un charmant garçon, un peu piqué. Pourquoi vivre dans un taudis quand vous pouvez faire autrement ? Personnellement, j'ai été élevé dans un appartement sans confort où l'on prenait son tub le samedi dans la cuisine. Maintenant que j'en ai les moyens, j'entends bien m'offrir tout de première classe aussi longtemps que je vivrai.

— L'appartement sans confort était à Brooklyn, n'est-ce pas ?

— Oui. Dans le quartier Italien de Red Hook.

— N'êtes-vous pas Irlandais ?

— Seulement par mon père. Ma mère était Italienne. J'avais un an quand mon vieux s'est tiré. Nous n'avons jamais plus entendu parler de lui. Ma mère est morte deux ans plus tard et je suis allé vivre chez ses parents.

— Votre enfance a été bien triste.

— Oh ! ce n'était pas si terrible. Mes grands parents étaient de braves gens. Bien entendu, je vivais dans un quartier pauvre, mais du moins, à cette époque, vous n'aviez pas besoin de verrouiller votre porte pour empêcher les voleurs d'entrer.

Une voix musicale s'éleva :

— Eh bien, Danny, il y a longtemps que l'on ne s'est pas vus !

Ellen leva les yeux. Une jolie brune se tenait près de leur table. Le regard sombre l'examina d'un œil critique avant de se tourner vers Dan. Celui-ci resta assis.

— Hello, Delphine, comment vas-tu ?

— Bien, mon chou. As-tu inauguré la nouvelle résidence des Hampton ?

— J'ai pendu la crémaillère le mois dernier.

— Et tu ne m'as pas encore invitée ?

— Je le ferai bientôt.

— N'oublie pas, veux-tu Danny ? fit-elle avant de s'éloigner en lançant un dernier regard, mi-appréciatif, mi-hostile sur Ellen.

— Elle est très belle, dit celle-ci.

— Oui, c'est une jolie fille. Je ne vous l'ai pas présentée parce que... il vaut mieux qu'il en soit ainsi. Delphine n'est pas le genre de filles que vous amenez à la maison pour la présenter à la famille.

Tandis qu'Ellen était ce genre ? Elle en fut égayée. Quel curieux mélange il faisait ! Ambitieux et probablement sans scrupules, car un ancien gamin du quartier de Red Hook ne pouvait s'être hissé au sommet de la réussite financière sans avoir trempé dans quelques affaires louches. Il n'en établissait pas moins une discrimination désuète entre les femmes « comme il faut » et les autres.

— Fréquentez-vous beaucoup de jolies filles ?

— Comme Delphine ? Bien sûr. Tout le monde s'y attend. Quand vous avez fait le chemin que j'ai fait, surtout si vous êtes célibataire vous devez vous entourer de jolies femmes. C'est ce qu'elles sont pour moi d'ailleurs : une partie du décor. Pourquoi souriez-vous ?

— Parce que vous êtes un fieffé menteur.

— Oui. Je suis un menteur et un vaurien. Demandez à qui vous voudrez.

— Ainsi vous avez une résidence dans les Hampton ?

— Qui n'en a pas ?

— Moi, par exemple.

— Eh bien, si un jour, vous...

Il s'interrompit et elle comprit, non sans un certain amusement, qu'il avait été sur le point de l'inviter pour le week-end.

— Je veux simplement dire que presque tous les gens que je connais ont une maison là-bas. La mienne est entre celle de Len Vandering et celle d'Howard, ou plutôt, celle de Mrs Vandering, car je crois qu'elle lui appartient en propre depuis le divorce.

— Vous devez donc vous voir souvent.

— Ma foi non. Je ne rencontre guère Len ou Mrs Vandering qu'à l'un de ces grands cocktails où chacun cherche à épater les autres. Je me dis parfois que s'ils faisaient installer des lampes solaires et une piscine près d'un bar, ils pourraient aussi bien rester en ville.

— A en juger par votre bronzage, vous ne semblez pas passer vos week-ends enfermé.

— C'est ce qui vous trompe. J'obtiens ce bronzage grâce aux lampes solaires du Midtown Club. C'est même là que j'ai fait la connaissance d'Howard.

— Aimez-vous travailler avec Mr Vandering ?

— Certainement. Je suis joueur. J'aime reprendre une affaire qu'un autre type est sur le point d'abandonner. Vendre certaines sociétés, donner de l'extension à d'autres, déplacer les directeurs d'un poste à un autre. C'est beaucoup plus amusant que de jouer en bourse.

— J'ai connu une comédienne qui a gagné beaucoup d'argent à la bourse. Elle m'a même conseillé de placer mes économies en achetant des valeurs. Le Consortium Vandering est-il une valeur sûre ?

— Toutes les sociétés du Consortium ne sont pas cotées en bourse. C'est à mon instigation qu'Howard en a mis certaines sur le marché.

— Qu'est-ce que mettre des actions sur le marché ?

— Si vous ne savez même pas ce que cela veut dire, il vaut mieux que vous ne vous amusiez pas à jouer en bourse. De toute façon, d'ailleurs, c'est un jeu pour des loups qui se dévorent entre eux, et pour des requins.

— Comme vous ?

— Comme moi.

Le garçon s'étant approché, il commanda deux cafés.

Quelques minutes plus tard, devant le restaurant, Dan Reardon appela un taxi.

— Je vais prendre l'avion pour la Floride demain. Je dois aller inspecter une usine, mais je vous téléphonerai dès mon retour.

Il ouvrit la portière et glissa un billet au chauffeur en disant :

— Amenez cette jeune personne à bon port.

— Entendu, mon prince !

A l'enthousiasme manifesté par le chauffeur, Ellen en conclut que Dan lui avait remis une coupure de cinq dollars. Elle eut envie de protester, mais se tut. Peut-être que lorsqu'il était petit garçon dans les bas-fonds de Brooklyn, il avait rêvé du jour où un chauffeur de taxi lui dirait « entendu, mon prince », sur ce ton-là.

En regardant la foule qui se pressait sur le trottoir de Madison Avenue, elle se rendit compte qu'elle souriait. Elle avait pris plaisir à ce déjeuner. Sa raideur musculaire avait disparu et pour une raison qu'elle ne pouvait définir, tous ses doutes sur l'origine de son accident s'étaient dissipés ainsi que la légère inquiétude qui, par moment, l'avait assaillie depuis qu'elle avait trouvé l'enfant inconsciente sur la terrasse du musée des Cloîtres.

Len Vandering avait eu l'intention de faire réparer son climatiseur avant l'été, mais cette soudaine vague de chaleur l'avait pris par surprise.

Le torse nu, il se tenait sous la lumière crue tombant de la verrière. Il fronça les sourcils en regardant la toile posée devant lui sur le chevalet et donna quelques rapides coups de pinceau.

Le téléphone sonna dans le salon. Zut ! D'habitude, il décrochait le téléphone avant de se mettre au travail, mais aujourd'hui, il avait oublié. Il essaya de ne pas répondre au pressant appel. Finalement, il jeta son pinceau et alla décrocher avec brusquerie.

— Leonard ? Ici Dan Reardon, est-ce que je vous dérange ?

— Pas du tout, répondit Len sur un ton qui signifiait le contraire.

— Je viens de téléphoner à Howard à Toledo. Il m'a chargé d'une commission pour vous. C'est au sujet de ce tableau dont la reproduction a paru dans *Life*, la semaine dernière. S'il n'est pas vendu, un ami d'Howard désire l'acheter. Il viendra à New York la semaine prochaine.

— Très bien, je vais appeler la galerie. Je vous remercie.

— Je vous en prie. A propos, j'ai déjeuné avec une de vos amies.

— Qui cela ?

— Ellen Stacey.

Serrant un peu plus fort l'appareil dans sa main, Len fit : Oh !

— Une chic fille, n'est-ce pas ? Je ne parle pas seulement de son physique, bien que de ce côté-là aussi, elle soit gâtée par la nature mais elle est distinguée et vraiment charmante.

— Je le reconnais, cependant je n'aurais pas cru que c'était votre type.

— Que diable en savez-vous ? Ce n'est pas parce que vous me voyez en compagnie de femmes plus voyantes que je puis incapable d'apprécier Ellen.

— Je m'étais donc trompé, répondit Len en s'efforçant de rester courtois. Comment se porte le Consortium Vandering ?

— Il se maintient et c'est déjà très beau. Eh bien, à un de ces jours.

— Entendu. Au revoir.

Len revint dans son atelier, prit un pinceau et le reposa au bout d'un moment. Maudit soit l'importun !

Importun à plus d'un titre, d'ailleurs. Retournant au salon, il s'approcha de la fenêtre et regarda dehors en pensant à autre chose. Quand il lui avait téléphoné ce matin, Ellen lui avait dit qu'elle ne se sentait pas assez bien pour sortir, et cependant, une heure plus tard, elle allait déjeuner avec ce séducteur de bas étage. Bien plus, à en juger par son enthousiasme, celui-ci avait l'intention de la revoir.

Pourquoi avait-elle accepté de déjeuner avec lui ? Il le savait, certaines femmes étaient sensibles au charme canaille qui se dégageait de Dan Reardon. Ellen ne lui avait pas paru être ce genre de femme. Elle l'était peut-être.

De toute façon, cela ne lui plaisait pas, non, pas du tout.

CHAPITRE VIII

Ayant enfilé une robe de chambre sur sa chemise de nuit, Cecily regardait par la fenêtre bien qu'elle fût censée être allongée sur son lit.

— Si vous faites une bonne sieste, vous vous sentirez mieux ensuite, lui avait dit l'infirmière.

En fait, à cet instant précis, Cecily ne se sentait ni bien, ni mal. Elle traversait une de ces périodes où elle avait l'impression d'être inodore, incolore et sans saveur. Ces périodes étaient brèves. Les mauvais moments étaient ceux où elle se sentait comme une vilaine petite mare, semblable à ce qui restait de la jolie piscine, dans les bois près de la maison des Hampton.

Elle l'avait découverte avec son père un matin de printemps. Le dernier printemps avant le divorce. Elle avait cinq ans, alors. A l'époque, elle devait être une de ces petites filles joyeuses, riant toujours, car son père l'avait surnommée Risette.

L'année suivante, elle était revenue seule avec sa mère et les Lindquish. Pendant que l'on déchargeait les bagages, elle s'était sauvée dans les bois pour aller regarder la piscine.

Qu'était-il arrivé ? Peut-être avait-elle été asséchée. Il ne restait plus qu'une vilaine petite mare d'eau noirâtre, à peine plus grande que celles qui se forment à Central Park à la fonte des neiges. Elle avait pensé : c'est moi qui suis là. Comme la piscine, elle était devenue vilaine, triste et sans attrait.

C'était le divorce de ses parents qui l'avait fait s'identifier à cette mare bourbeuse. Après le départ de son père, sa mère avait essayé de lui expliquer la situation :

— Ce n'est pas de la faute de Papa, nous ne pouvons plus nous entendre.

De son côté, au cours du premier week-end passé dans son nouvel appartement, son père lui avait dit :

— Il ne faut pas en vouloir à Maman, ma chérie.

Cecily avait compris : c'était à cause d'elle que ses parents ne s'entendaient pas. Pour une raison inconnue, elle était devenue de trop, du moins pour son père. Autrement, il ne serait pas parti. Pendant longtemps, au moins jusqu'à sept ans, elle avait essayé de le reconquérir en lui disant qu'elle lui ferait des gâteaux et en se livrant à d'autres enfantillages du même genre.

Debout derrière la fenêtre, elle se raidit. Cinq étages plus bas, sur le trottoir en face, un homme s'était arrêté sous un arbre pour allumer une cigarette. Etait-ce l'un d'eux ? Le grand maigre ? S'il levait les yeux vers la fenêtre...

L'homme éteignit son briquet, le mit dans sa poche et reprit son chemin. Non, ce n'était qu'un passant inconnu.

Subitement, elle se sentit sans force. Elle traversa la pièce pour aller s'étendre sur le lit en regardant le plafond.

Depuis quelque temps, elle savait que ce n'était pas seulement le divorce qui était en cause. Des tas d'enfants ont des parents divorcés. Vers neuf ans, elle l'avait compris. Non, il y avait aussi cette méchanceté latente qu'elle sentait en elle. Peut-être son père l'avait-il devinée ? Peut-être était-ce la raison pour laquelle il ne voulait plus vivre avec elle et sa mère.

Car elle était une vilaine petite fille. Ces deux hommes l'avaient vu aussitôt, la première fois qu'ils l'avaient rencontrée, un an et demi plus tôt, à l'Aquarium. Ils savaient qu'elle utiliserait la drogue contenue dans un de ces petits paquets.

Parfois, elle se demandait s'ils avaient entendu parler de ces cigarettes à la marijuana qu'elle avait trouvées dans la cuisine de l'oncle Len. Au papier brun et à l'aspect rudimentaire de ces cigarettes, elle avait aussitôt compris que c'était de la marijuana. Ce soir-là, dans sa chambre, la lumière éteinte et la fenêtre ouverte, elle en avait allumé une. Assise dans son lit, elle tenait une assiette du service de sa poupée en guise de cendrier. Elle avait fumé toute la cigarette et attendu avec désappointement. Puis elle s'était souvenue de ce que lui avait dit une camarade de classe, Carol Stapleton. Son frère prétendait que l'on ne ressentait jamais rien la première fois, mais la seconde, en revanche...

Il en avait été ainsi pour elle. Le lendemain, toujours assise dans son lit, elle avait éprouvé un sentiment de paix. L'angoisse était toujours là, mais elle n'avait plus d'importance.

Peut-être les Lindquish, dont la chambre n'était pas loin de la sienne, avaient-ils senti l'odeur, ou bien, en nettoyant sa chambre, Mrs Lindquish avait-elle trouvé des cendres et un mégot. Le troisième soir, à peine venait-elle d'allumer sa cigarette que la porte de sa chambre s'ouvrait et que la lumière s'allumait. Le visage bouleversé, sa mère la contemplait avec incrédulité.

Tour à tour, sa mère et son père lui parlèrent avec infiniment de douceur et de tristesse. Elle promit à l'un et à l'autre de ne jamais plus toucher à la marijuana.

Elle aurait aimé pouvoir discuter de ces questions avec une amie, mais Cecily n'en avait aucune. La seule pour qui elle avait eu de l'attirance était Christina que les autres n'aimaient pas parce qu'elle était grecque. Christina était partie pour le Connecticut.

Au cours de l'hiver suivant, Cecily était allée à l'Aquarium avec sa classe d'histoire naturelle. Comme toujours Miss Beazley avait essayé de rassembler les élèves autour d'elle, mais comme toujours, elle n'y était pas parvenue.

Cecily était à la traîne derrière les autres, admirant un poisson rayé, noir et blanc, quand elle s'aperçut que deux hommes se tenaient derrière elle.

— Bonjour mignonne, dit l'un d'eux.

Elle leva les yeux. C'était un homme grand et maigre, portant un chapeau de feutre gris. Il lui sourit en découvrant des dents de cheval. Son compagnon était petit et gros. Il surveillait Miss Beazley et le groupe d'écolières arrêtées un peu plus loin.

— Je viens de mettre quelque chose dans ton sac, mignonne ; une poudre à renifler. Tu verras, c'est meilleur que le bubble-gum.

Surprise et apeurée, elle avait regardé son sac. Il était ouvert.

— Et surtout, gamine, dit l'homme maigre sur un ton menaçant, ne parle de çà à personne ou bien nous te règlerons ton compte. La police ne nous trouvera pas, mais nous saurons toujours te retrouver, ne l'oublie pas.

Immobile, elle dévisagea l'homme. De la poudre à renifler ? Elle savait ce que cela signifiait. De l'héroïne. Elle avait vu une émission à la télévision sur ce sujet. Elle ressentit une frayeur mêlée de répulsion et surtout une honte extrême. Pourquoi ces hommes s'en prenaient-ils à elle ? Parce qu'ils avaient deviné qu'elle était mauvaise. Un seul regard leur avait suffi.

— Cecily, s'exclama Miss Beazley, que faites-vous donc, venez ici.

Le regard fixé sur les poissons, l'homme maigre reprit :

— N'oublie pas, gamine, ferme-la !

Comme une automate, Cecily rejoignit les autres. Elle savait qu'elle ne dirait rien. Non par peur, mais par honte.

Elle attendit d'être seule dans sa chambre pour ouvrir son sac. Elle en tira une enveloppe ordinaire, pliée en deux. A l'intérieur se trouvaient trois petits paquets contenant une poudre blanche. D'une main tremblante, elle les replaça dans l'enveloppe, ouvrit le second tiroir de sa commode et la glissa sous une pile de linge.

Pendant une semaine, elle n'ouvrit pas ce tiroir. Il lui aurait été facile de se débarrasser de ces paquets dont la seule vue la remplissait de confusion, mais chaque fois qu'elle avait eu l'intention de le faire, elle ne parvenait pas à se décider à accomplir le geste libérateur.

Le vendredi de cette semaine-là, avait été un mauvais jour. D'abord, les premiers Pères Noël avaient fait leur apparition dans les rues. Chaque année à pareille époque une détresse sans nom s'abattait sur elle à l'arrivée de Noël sans qu'elle put s'expliquer pourquoi. En rentrant chez elle, elle croisa Dale Haylock. Bien qu'il lui sourît elle vit briller la colère dans ses yeux. Elle savait pourquoi. Maman, qui avait songé à épouser Dale et qui en avait parlé à Cecily, avait décidé qu'elle ne le ferait pas et Dale n'acceptait pas cette décision.

Mais le pire se produisit pendant le dîner. Sa

mère lui annonça qu'elle irait passer six semaines au Mexique.

— J'ai tout arrangé pour toi, ma chérie, Cousine Martha viendra te garder.

Cecily avait eu l'impression qu'un poids venait de s'abattre sur ses épaules. La seule pensée de rester six semaines seule avec Cousine Martha était plus qu'elle ne pouvait supporter.

Cousine Martha était grosse, laide, elle avait des rides autour de ses méchants petits yeux fureteurs et elle portait un appareil de prothèse auditive.

La mère de Cecily s'imaginait que sa cousine l'aimait bien et qu'elle était heureuse de venir dans son bel appartement et de porter le manteau de vison qui datait de six ans et qu'elle lui avait donné quand elle en avait acheté un neuf. Mais Cecily avait surpris le regard que cette bonne cousine jetait sur maman et elle savait ce qu'il fallait penser de son prétendu dévouement.

Après dîner, sa mère était sortie. Réfugiée dans sa chambre, Cecily avait ouvert le tiroir de sa commode. Assise sur le bord de son lit, elle avait aspiré la poudre blanche, comme elle aspirait le bâton de camphre quand elle était enrhumée. Aussitôt, elle avait su que l'homme de l'Aquarium avait dit vrai. Un moment plus tôt, elle se sentait misérable, solitaire, maintenant elle flottait sur un nuage, plus rien n'avait d'importance, ni sa tristesse, ni le voyage de sa mère au Mexique, ni même le divorce de ses parents.

Un peu plus tard, ce sentiment s'estompa, la laissant dans un état de torpeur. Elle remonta les draps jusqu'à son menton et s'endormit.

Pourtant, elle ne retoucha pas aux autres paquets avant des semaines, parce qu'au cours du déjeuner qu'elle prenait toujours avec son père le dernier samedi du mois, elle avait rencontré Amy Thorhill, une amie de son père.

Amy n'était pas jolie, du moins pas à la manière de maman, mais sa voix était douce et ses yeux bleus reflétaient une gentillesse naturelle, enfin et surtout, à l'encontre des autres grandes personnes elle semblait considérer Cecily d'égale à égale. Elle avait même su établir un contact. Avant la fin du repas, elle avait invité Cecily à venir patiner avec elle le samedi suivant.

Après le déjeuner, le taxi déposa Amy chez son coiffeur. Tandis qu'ils continuaient tous deux leur route, son père lui avait demandé :

— Comment la trouves-tu ?

— Elle me plaît beaucoup.

Il avait souri d'un air heureux en posant la main sur la sienne.

— Assez pour l'accepter comme belle-mère, si je l'épousais ?

Elle l'avait considéré avec beaucoup de sérieux. S'il épousait Amy, toute chance de le voir revenir vivre à la maison disparaissait, mais il y avait long-temps qu'elle avait perdu cet espoir. D'un autre côté, quand elle viendrait passer le week-end avec son père, ils formeraient tous les trois une véritable famille.

— Oui, papa, tu peux le lui demander, j'espère qu'elle acceptera.

Le dimanche soir, quand elle parla d'Amy à sa mère, Cecily eut conscience que le sourire qui accueillait la nouvelle était un peu contraint. Cependant, à sa surprise, sa mère lui dit :

— Je suis heureuse de te voir t'enthousiasmer pour quelqu'un, ma chérie, tu es toujours si indifférente. Oui, tu pourras aller patiner avec elle. Si elle plaît à ton père, ce doit être une personne convenable.

Pendant quelque temps, Cecily avait presque oublié les petits paquets enfouis dans son tiroir.

Elle passa une excellente journée avec Amy à la

patinoire et par la suite, elle retourna patiner avec elle, ou bien l'accompagna faire des courses ou au cinéma, même quand elle n'allait pas chez son père.

Plusieurs fois au cours de cet hiver, une ombre avait assombri son bonheur naissant. En quatre différentes occasions, elle avait aperçu par la fenêtre de sa chambre, l'un des hommes de l'Aquarium se promener le long de la grille de Central Park. Toutefois, ni l'un ni l'autre ne l'avait abordée.

En mars, sa mère était partie pour le Mexique en laissant la direction de la maison à Cousine Martha. Quand Cecily revint de l'école le premier vendredi après le départ de sa mère, Cousine Martha lui dit :

— Miss Thornhill a téléphoné. Elle m'a invitée à déjeuner avec vous. Nous devons la rejoindre demain à une heure près de la statue d'Alice aux pays des Merveilles, nous irons à la cafétaria.

Trop contrariée pour se soucier de ses bonnes manières, elle s'était écriée :

— Pourquoi vous a-t-elle invitée ?

— Parce qu'elle a de la considération pour moi. Elle comprend que je me sens seule dans cet appartement. Ce n'est peut-être qu'une simple secrétaire, mais elle est mieux élevée que beaucoup de grandes dames de ma connaissance.

Il était écrit que Cousine Martha ne viendrait pas à ce déjeuner. Le lendemain, atteinte d'une forte grippe, elle ne put se lever et Cecily fut autorisée à se rendre seule au rendez-vous.

Aussi loin qu'elle pouvait s'en souvenir, Cecily n'avait jamais eu la permission de pénétrer dans Central Park sans être accompagnée. Avec un sentiment de liberté, elle traversa l'avenue pour se diriger vers l'entrée de la 79è Rue.

Scintillant sous le soleil, la neige recouvrait le parc d'un manteau blanc. Des enfants jouaient sur une colline devant elle. Le sourire aux lèvres, Cecily tourna à gauche dans un sentier, puis encore à gauche dans un sentier plus étroit qui conduisait à la statue d'Alice au pays des Merveilles.

— Bonjour, gamine.

Avec un pincement au cœur, elle s'arrêta et vit le grand homme maigre, accompagné du petit gros. Les deux hommes se tenaient à quelques pas derrière elle.

— Nous pensons qu'il ne te reste plus de poudre à renifler. Regarde dans ta poche en rentrant à la maison. Nous t'en avons porté davantage cette fois. Continue à être une bonne gosse. Tais-toi et tu n'en manqueras jamais...

— Cecily !

Elle fit volte face. Amy se tenait à l'autre extrémité du sentier.

— N'oublie pas, fit l'homme en s'éloignant avec son compagnon.

Amy s'avançait rapidement vers elle. La main de Cecily s'introduisit dans sa poche et saisit l'enveloppe pliée. Comment s'en débarrasser ? Elle fit un pas de côté, fit semblant de trébucher et glissa la main sous un buisson de rhododendrons.

Amy se précipita pour l'aider à se relever :

— T'es-tu fait mal ?

— Non, ce n'est rien.

— Où est Mrs Barlow ?

— Elle est grippée, dit Cecily en se mettant en marche.

— C'est dommage... que te disait cet homme, demanda-t-elle avec indifférence.

— Il... il avait perdu son chien. Il voulait savoir si je l'avais vu.

— Quel genre de chien ?

— Un berger allemand. Son nom est Leo.

— Quelle coïncidence ! Ton père m'a dit qu'il

avait eu un berger allemand quand tu étais petite, et que précisément il s'appelait Leo !

Amy ne poursuivit pas la conversation, mais quand elles entamèrent leur côtelette de veau dans la salle à manger bruyante de la cafeteria, elle demanda :

— Ma chérie, l'homme n'a-t-il pas mis quelque chose dans ta poche ?

— Non.

— Cecily, je suis certaine qu'il l'a fait.

— Oh ! oui, j'avais oublié. Il m'a donné un papier avec son numéro de téléphone, pour le cas où je verrais son chien.

— Peux-tu me montrer ce papier ?

Se levant, Cecily alla décrocher son manteau et fouilla dans la poche :

— Il n'y est plus. J'ai dû le perdre.

Amy glissa sa main dans la poche et constata :

— En effet, il doit être tombé. Finis ta côtelette, ma chérie.

Pour la première fois depuis qu'elle connaissait Amy, Cecily désirait s'éloigner d'elle. Même en regardant son animal préféré au zoo, un gros buffle qui lui avait toujours paru noble, solitaire et triste comme un roi noir emprisonné, elle ne pouvait s'empêcher de penser aux paquets de poudre blanche enfermés dans sa commode. Pourquoi les avait-elle conservés aussi longtemps ? Il fallait s'en débarrasser. Si jamais on les trouvait, Amy pourrait en entendre parler et cela Cecily ne le supporterait pas.

Peu après trois heures, Amy la raccompagna à la maison. Quand elle eut regagné sa chambre, elle ouvrit le tiroir de sa commode, prit les paquets et les porta dans la salle de bains où elle jeta le contenu dans le lavabo en faisant couler le robinet.

Le lendemain, dimanche, elle révisait les verbes irréguliers dans sa grammaire anglaise, lorsque son père entra avec un visage étrangement vieilli. L'attirant à lui, il la serra dans ses bras en disant :

— Chérie, il est arrivé quelque chose à Amy.

Glacée d'effroi, elle écouta. Amy était morte. Des cambrioleurs s'étaient introduits chez elle pour la voler et l'avaient tuée pendant son sommeil.

— Elle n'a pas souffert, c'est notre seule consolation. Je ne peux rester avec toi maintenant. La police désire me voir. Mais Cousine Martha t'attend au salon. Elle est au courant. Il se dirigea vers la porte après l'avoir embrassée et se retourna avant de sortir pour ajouter : avec cette terrible nouvelle, j'allais oublier de t'en parler : Amy m'a téléphoné hier après-midi. Elle paraissait inquiète et j'ai eu l'impression que c'était à cause de toi.

A cause d'elle ? Les deux hommes sur le sentier. Amy avait voulu en parler à son père. Ils avaient craint qu'elle ne le fît et pour l'en empêcher, ils l'avaient tuée. Ce n'étaient pas des voleurs qui l'avaient assassinée, mais ces deux hommes. Et c'était presque comme si elle avait elle-même tué Amy.

— As-tu une idée sur ce qu'elle voulait me dire ?

Cecily secoua la tête. A l'Aquarium, le grand homme maigre avait soufflé :

— Nous saurons te retrouver, n'importe où, n'importe quand.

Ils avaient su retrouver Amy. Son père soupira.

— Eh bien, je ne le saurai jamais. Je te téléphonerai demain.

Elle attendit que la porte d'entrée se fût refermée, puis elle se faufila dans le hall, décrocha son manteau et se glissa hors de l'appartement pour se rendre dans le parc.

Pour un dimanche après-midi, il n'y avait pas beaucoup de promeneurs. Le jour commençait à décliner et les arbres dépouillés de leurs feuilles étaient secoués par un vent du nord. Elle se dirigea rapidement vers la colline où seul un petit garçon trottinait derrière son père, puis elle tourna dans le sentier et s'arrêta près du buisson de rhododendrons. Ayant regardé à droite et à gauche, elle se baissa et passa la main sous le massif de branches sèches. Ses doigts rencontrèrent l'enveloppe blanche. Quand elle se releva, elle plongea la main dans sa poche.

Inutile d'attendre d'être à la maison pour échapper à cette intolérable certitude d'être la responsable de la mort d'Amy. Elle entra dans un des petits abris du parc, ouvrit l'enveloppe et prit l'un des cinq paquets qui se trouvaient à l'intérieur.

Plusieurs jours, durant les semaines qui suivirent, Cecily se réveilla si fatiguée qu'elle pria Cousine Martha de téléphoner à l'école qu'elle était malade. Quand elle était en classe, elle avait de la difficulté à trouver le moindre intérêt à la guerre de 1812 ou aux projections en couleurs sur les œuvres des peintres impressionnistes. Un après-midi, son professeur d'anglais la retint après le cours pour lui demander si elle était malade.

— Oui, mentit Cecily, le Dr Carson m'a trouvée anémiée, il m'a ordonné un fortifiant.

Moins d'une semaine plus tard, sa mère, ravissante sous un hâle léger, entra dans sa chambre et regarda attentivement sa fille. Un moment après, Cecily l'entendit téléphoner au Dr Carson. Le lendemain matin, le médecin l'examina dans son cabinet. Après avoir échangé un regard avec sa mère, il déclara qu'il allait la garder quelques jours à la clinique pour procéder à des examens.

Le jour suivant, sa mère et le Dr Carson vinrent la voir. Cecily comprit qu'ils avaient découvert ce qui restait des petits paquets cachés dans sa commode. Voyant le chagrin qui se lisait sur le visage de sa mère, elle jura qu'elle ne toucherait plus à la poudre blanche.

Les deux jours qui suivirent furent très pénibles. Sans arrêt, elle avait été questionnée par le Dr Carson, par sa mère, son père et même par Mrs Baron, la directrice de l'Ecole Mainwaring, nièce de la fondatrice de l'institution. Assise, bien droite dans un fauteuil de sa chambre, elle s'en était tenue à son histoire avec un entêtement désespéré : elle avait trouvé l'héroïne dans un buisson de Central Park.

Le troisième jour, sa mère était entrée dans sa chambre avec un sourire un peu forcé. Cecily allait partir avec elle passer quatre mois en Europe.

Le voyage avait été agréable, parfois, dans les montagnes suisses ou sur une route d'Irlande, elle avait presque oublié la mort d'Amy. A son retour à New York, elle avait travaillé à la maison avec un répétiteur pour rattraper le temps perdu et avait ainsi réussi l'examen de passage pour retourner à l'Ecole Mainwaring. Depuis, sa mère ou Lindquish la conduisait à l'école le matin et allait la chercher le soir. Dans un sens cela la rassurait. Elle n'avait plus à craindre de voir surgir les redoutables silhouettes sur son passage.

En fait, elle n'avait jamais plus revu les deux hommes et peu à peu elle cessa de s'inquiéter et réussit même à oublier.

Or voici qu'à midi, le lundi précédent, elle descendait un escalier de l'école quand elle avait croisé un homme corpulent, portant une boîte à outils semblable à celle utilisée par les réparateurs du téléphone. S'arrêtant un instant près d'elle, il avait laissé tomber une enveloppe à ses pieds avant de s'éloigner rapidement.

Affolée, avec l'impression de vivre un cauchemar, elle avait ramassé l'enveloppe et l'avait glissée dans son sac. Seules, deux élèves bavardaient un peu plus loin dans le corridor et ne s'étaient aperçues de rien.

Dans un état second, Cecily était sortie de l'école et s'était enfuie dans la rue. A l'angle de Madison Avenue, elle était montée dans un autobus, sans même savoir où il allait. Pendant un bon moment, le cerveau vide, elle avait été incapable de penser, indifférente à la circulation et à ce qui l'entourait.

— Musée des Cloîtres, terminus, avait dit le conducteur.

Elle était descendue et avait regardé autour d'elle. Elle était déjà venue là quand elle était petite, avec ses parents, avant leur divorce. Une vague de souffrance la submergea. Le divorce, la mort d'Amy, cette méchanceté qui était en elle et en faisait une vilaine petite fille...

Elle alla s'enfermer dans les toilettes du musée et en ressortit un moment plus tard. Elle parcourut des corridors qui lui semblèrent irréels et sortit sur une terrasse déserte. Un étourdissement la fit se réfugier dans un coin de la terrasse où elle se blottit en appuyant sa tête contre le mur.

Elle s'était réveillée dans un taxi.. Pendant un bref instant, elle avait cru voir Amy près d'elle et l'avait appelée. Le visage qui s'était tourné vers elle n'était pas celui d'Amy, mais quelque chose dans les yeux de la jeune femme la lui avait rappelée...

La porte s'ouvrit. Une infirmière entra et lui sourit :

— Alors, on est réveillée ?

CHAPITRE IX

L'excuse invoquée par Ellen pour ne pas sortir avec Len Vandering se trouva confirmée par les faits. A sa surprise, le producteur qui lui avait fait passer une audition, l'avait engagée. Elle tourna le vendredi et le samedi sur le plateau de télévision. Ces deux rudes journées de travail lui firent apprécier d'autant plus la grasse matinée du dimanche.

Elle était assise devant sa fenêtre ouverte, une tasse de café à la main, quand le téléphone sonna.

— Miss Stacey ? Ici, Howard Vandering. J'espère que je ne vous dérange pas trop tôt ?

— Pas du tout, il est déjà onze et demie.

— Dan Reardon m'a appris que vous aviez eu un accident qui aurait pu être grave.

— Si j'étais tombée, j'aurais pu me tuer, mais heureusement, j'en ai été quitte pour la peur.

— Dieu en soit loué ! Puis-je me permettre de vous demander une faveur Miss Stacey ? J'emmène Cecily au Plaza cet après-midi, accepteriez-vous de nous y rejoindre ?

Elle hésita, prise entre deux sentiments contradictoires. D'un côté, elle ressentait de la compassion et même de la sympathie pour cette enfant, de l'autre, elle répugnait à se compliquer une vie déjà difficile.

— Honnêtement, je ne sais que vous répondre. Je crains que Mrs Vandering ne souhaite pas que je revoie Cecily. Elle me l'a dit de façon fort explicite lundi dernier.

— Elle a changé d'avis. Elle me l'a répété elle-même ce matin au téléphone. Elle pense que Cecily a gardé un bon souvenir de vous et que vous pourriez l'aider.

— Pour quelle raison précise, voulez-vous que je rencontre Cecily ?

— J'espère qu'elle vous considérera çomme une amie à qui elle pourrait se confier.

— Elle l'a déjà fait. Elle m'a parlé de ces mystérieux inconnus qui lui ont remis de l'héroïne.

— Je le sais. Cette histoire n'a aucun sens, pas plus que la première selon laquelle, elle aurait trouvé la drogue dans un buisson de Central Park.

Il était à peu près certain que Cecily comprenait que personne ne la croyait. Ellen s'attendrit sur cette petite fille qui s'accrochait désespérément à cette explication absurde. Pourquoi le faisait-elle ? Par loyauté, vis-à-vis d'une de ses compagnes de classe ? Soudain, la résistance d'Ellen s'effondra. D'une façon ou d'une autre, il lui fallait aider Cecily.

— C'est entendu. Je vais venir vous rejoindre. A propos, quelqu'un lui a-t-il dit que j'étais comédienne ?

— Non, je ne le pense pas.

— Eh bien, ne lui en dites rien. Je crois avoir une idée.

Quand elle entra dans le salon de thé de Palm Court, décoré de palmiers et de plantes exotiques et où un orchestre à cordes jouait une musique d'ambiance, Howard et Cecily étaient déjà là.

Il se leva pour lui avancer une chaise. Le visage de la fillette était pâle et tendu.

— Bonjour Cecily, comment vas-tu ?

— Très bien, merci.

— Que désirez-vous prendre, Miss Stacey ?

— Du thé, s'il vous plaît.

Quand le garçon eut noté la commande, Ellen poursuivit :

— Vous comprenez, j'ai besoin d'avoir l'esprit clair, car j'ai un rôle à apprendre ce soir.

— C'est vrai, répliqua aussitôt Howard Vandering, vous êtes comédienne. Vous avez tourné plusieurs courts métrages pour la télévision, je crois ?

— Oui, c'est exact.

— N'avez-vous pas également joué dans certains films de cinéma ?

— Cela m'est arrivé quelquefois.

Un silence tomba. Le garçon vint placer une tasse en porcelaine blanche et une théière devant Ellen. Finalement, Cecily demanda :

— Connaissez-vous Barbara Streisand ?

Ellen sentit que la partie était gagnée. Aussi sauvage et renfermée que fût Cecily, elle n'avait pu résister à la curiosité naturelle provoquée par les vedettes de cinéma.

— Eh bien, oui. J'ai tourné dans deux de ses films.

Cecily resta un moment sans rien dire, puis elle demanda, presque malgré elle :

— Lesquels ?

— *Hello Dolly* et *On a clear Day*.

Nouveau silence.

— Connaissez-vous Robert Redford ?

— Oh ! il te plaît, à toi aussi ? Je l'ai rencontré deux fois.

Howard Vandering consulta sa montre.

— Grand Dieu ! je ne savais pas qu'il était si tard. Vous allez m'excuser, Mesdemoiselles, mais j'ai un rendez-vous.

— Je vais avec toi, papa.

— Non, ma chérie. Miss Stacey te raccompagnera

tout à l'heure. Elle est ton invitée. Glissant un billet sous son verre, il ajouta, tu règleras les consommations.

Il se pencha pour embrasser sa fille et regarda Ellen avec des yeux inquiets.

— Au revoir, Miss Stacey, dit-il, avant de se décider à partir.

Cecily le suivit des yeux, puis elle se tourna vers Ellen d'un air désemparé.

— Veux-tu un autre soda ? demanda celle-ci sans obtenir d'autre réponse qu'un signe de tête négatif. Je crois que je vais reprendre une tasse de thé. Tu me parlais de Barbara Streisand, figure-toi qu'un jour, il y avait trois petits chiens sur le plateau...

Les lèvres serrées, Cecily regardait fixement l'orchestre. Ellen ne pouvait plus espérer franchir la barrière. Elle devrait essayer de forcer le destin, en espérant que le coup ne serait fatal à aucune d'elles.

— Cecily, il est grossier de se détourner quand on vous parle et je ne pense pas que tu sois une petite fille mal élevée. Regarde-moi. Bien. Tu as raison, ton père nous a laissées seules parce qu'il espère que tu me parleras. Après tout, tu l'as déjà fait.

Pas de réponse, mais les lèvres de la fillette se serrèrent davantage.

— Quand nous sommes revenues en taxi, tu as pensé que j'étais Amy, t'en souviens-tu ?... Amy était une grande amie pour toi, n'est-ce pas ?

— Pourquoi me parlez-vous d'Amy ? Mon père ne vous demandera pas de l'épouser. Il est beaucoup trop vieux pour vous.

Ellen fut stupéfaite. Se pouvait-il qu'elle pensât... mais non, nulle jalousie ne se lisait dans les yeux de Cecily.

— Bien sûr que non, ton père ne songe pas à m'épouser. Ce n'est pas de lui que nous parlons, mais de toi, d'Amy et de moi. Puisqu'elle était ton amie, pourquoi ne pourrais-je l'être aussi ?

Silence.

— Ne désires-tu pas avoir une amie, Cecily ?

Le petit visage eut un frémissement si pathétique qu'Ellen en fut remuée, mais elle ne pouvait s'arrêter maintenant. Elle devait rejoindre Cecily dans ce monde cruel où elle s'était réfugiée seule et sans défense.

— Est-ce parce qu'Amy a été tuée que tu ne peux plus avoir d'amie ?

Cecily se mit à pleurer doucement, en baissant la tête.

— Viens, dit Ellen en se levant. Allons aux toilettes. Laisse ton manteau ici pour qu'on ne nous prenne pas notre table.

Fort heureusement, il n'y avait personne aux toilettes. Ellen posa les mains sur les épaules fragiles. Cecily ne s'approcha pas, mais elle ne chercha pas non plus à s'éloigner.

— Ma chérie, je sais que tu penses qu'Amy est morte parce qu'elle était ton amie. Tu me l'as dit dans le taxi. Je crois que je comprends d'où t'est venue une telle idée. Quand j'avais ton âge, j'ai cru pendant plusieurs semaines que j'étais responsable de la mort d'une de mes tantes.

Un sanglot lui répondit. Elle poursuivit :

— Ma tante était venue nous voir et avait fait une réflexion à propos du désordre qui régnait dans ma chambre. Je me montrai si insolente avec elle qu'elle était très fâchée quand elle s'en alla. En cours de route, elle eut un accident. J'avais entendu dire que les gens en colère sont susceptibles d'avoir des accidents de voitures et je pensais que c'était de ma faute.

— Est-elle morte ? demanda Cecily.

— Non, mais pendant plusieurs jours, on a cru qu'elle ne guérirait pas. Elle est restée trois semaines à l'hôpital. Juste avant sa sortie, quelqu'un m'apprit les détails de l'accident. Une voiture venant en sens inverse avait heurté la voiture de ma tante. N'importe quel véhicule se trouvant à cet endroit là aurait été accidenté. Ce n'était qu'une coïncidence si cela s'était passé une heure après qu'elle m'ait quittée.

Je ne sais pas ce qui te fait penser que tu pourrais être responsable, même indirectement, de la mort d'Amy, tu me le diras peut-être un jour, mais la police connaît son métier. Ellen vit une lueur d'espoir briller dans les yeux de Cecily, et se hâta de conclure : aussi est-ce ridicule de ta part de craindre d'avoir des amis. Et maintenant, viens que je te lave la figure.

Quelques minutes plus tard, rafraîchie et recoiffée, Cecily demanda :

— Désirez-vous vraiment être mon amie ?

— Naturellement.

— Pourquoi ?

— Parce que je t'aime bien. Et aussi parce que tu me rappelles quelqu'un. Je t'en parlerai peut-être un jour. Moi aussi, j'ai mes secrets.

— Vous ne désirez pas seulement me poser des questions ?

— Il n'y aura plus de questions.

— Vous voulez dire que nous pourrons sortir ensemble pour déjeuner ou pour nous promener ?

— Oui, autant du moins que je pourrai me le permettre, car je travaille pour gagner ma vie.

— Est-ce que les gens qui ne font pas de cinéma sont admis sur le lieu de tournage ?

— Je pense qu'un de ces jours je pourrai t'emmener avec moi. Es-tu prête ? Très bien, allons.

Elles descendaient les marches du Plaza quand un homme les aborda en souriant :

— Bonjour, je vous cherchais.

Avec surprise, Ellen reconnu le visage souriant de Len Vandering.

— Comment saviez-vous que nous étions ici ?

— J'ai téléphoné à mon frère et il me l'a dit. Bonjour ma poulette, dit-il en se penchant vers Cecily, tu deviens si jolie que j'ai failli ne pas te reconnaître. Je t'ai prise pour une starlette.

— Oh ! Oncle Len !

— Sérieusement. J'étais sur le point de te demander un autographe.

— Oncle Len, tu plaisantes !

Mais Ellen vit que Cecily était flattée.

— Où alliez-vous toutes les deux ?

— Je raccompagnais Cecily chez son père.

— Dans ce cas, je vais avez vous.

Ils traversèrent Central Park et croisèrent des couples et des familles qui se promenaient. Une fois arrivés devant l'immeuble de la 5è Avenue, ils entrèrent tous les trois dans le hall luxueux de l'immeuble. Len téléphona de la réception à son frère pour s'assurer qu'il était là et conduisit Cecily jusqu'à l'ascenseur. Puis, il se tourna vers Ellen.

— Que comptez-vous faire maintenant ?

— J'ai du repassage qui m'attend à la maison.

— Ne pourrait-il attendre jusqu'à demain ? Il y a une exposition de peinture du XIXᵉ siècle chez Whitney, ensuite, nous pourrions aller dîner.

Après une courte hésitation, elle accepta en souriant.

Elle rentra chez elle à plus de minuit avec l'agréable impression d'avoir bien employé son temps. En sortant de chez Whitney, elle avait réalisé qu'elle avait beaucoup appris en peinture. Ils avaient dîné dans une auberge où la cuisine était simple et bien préparée et ils avaient terminé la soirée dans un night club où les attractions étaient pleines de drôlerie et d'esprit.

En disant bonsoir à Leonard, Ellen se dit qu'il lui plaisait un peu plus qu'il n'était prudent, étant donné qu'ils se voyaient pour la seconde fois.

Elle commençait à se déshabiller quand le téléphone sonna. La voix de Dan Reardon s'éleva :

— Ellen ? Je vous ai appelé toute la soirée, sans succès !

— Ce n'est pas étonnant, je viens seulement de rentrer. Comment allez-vous ?

— Bien. Si je peux me permettre d'être indiscret, où étiez-vous ?

— J'ai fait la tournée des grands ducs : le musée Whitney, chez Dany et à l'Upstard.

— Ce n'est pas ce que je vous demande, ma chère Ellen.

— Si vous voulez savoir avec qui j'étais, pourquoi ne les dites-vous pas ? J'étais en compagnie de Len Vandering.

— Je m'en doutais un peu. Que pensez-vous de lui ?

— Il me plaît beaucoup.

— Il a trente-trois ans. Ne faites jamais confiance à un vieux garçon.

— N'en êtes-vous pas un ?

— Justement. C'est pour cela que je vous mets en garde.

Elle se mit à rire.

— Ce que je trouve moins drôle, poursuivit-il, c'est que je ne suis en ville que pour une soirée et que vous en profitez pour sortir avec Vandering !

Ellen fut déçue. Elle trouvait la compagnie de Dan stimulante.

— Vous repartez donc encore ?

— Oui, je prends l'avion pour Washington demain matin. Une affaire de maisons préfabriquées à régler.

— Il est dommage que vous voyagiez autant.

— Howard préfère que ce soit moi qui règle ces

affaires. A propos, il m'a raconté que vous aviez réussi la conquête de sa fille.

— Je crois qu'elle m'aime bien.

— Avez-vous l'intention de la revoir ?

— Chaque fois que j'en aurai le temps.

— Si j'étais vous, je ne m'enticherais pas de cette gosse. Elle ne tardera pas à vous décevoir. Je la juge irrécupérable.

Refroidie, Ellen répliqua sèchement :

— Je me refuse à croire qu'une enfant de onze ans soit irrécupérable.

— A votre gré. D'ailleurs, ce qui me tracasse, en ce qui vous concerne, ce n'est pas Cecily, mais plutôt son oncle Len.

— Qu'avez-vous à lui reprocher ?

— Oh ! je suppose que c'est surtout d'être né avec tout ce que je n'ai pas eu. J'ai dû me battre pour avoir ce qu'il considère avec beaucoup de mépris. Il a même gâché ses chances d'hériter de sa part de la fortune Vandering.

— Qu'est-ce que cela peut vous faire ? Vous n'avez même pas à lui verser une pension. Il se suffit à lui-même.

— En peignant des tableaux ? Je trouve que c'est une drôle de façon de gagner sa vie pour un homme.

— Savez-vous ce que je pense ? Un jour viendra où vous collectionnerez les tableaux, même ceux de Leonard Vandering !

— Vous voulez dire quand je commencerai à avoir une certaine culture ? fit-il en éclatant de rire. C'est possible, après tout. Jusqu'à présent, je me suis intéressé à un autre aspect des bonnes choses de la vie.

— Comme Delphine ?

— Qui cela ? Ah ! oui, c'est vrai, vous l'avez rencontrée. Je vous ai déjà dit que des femmes de ce genre ne signifiaient rien pour moi... Puis-je vous téléphoner de Washington ?

— Si vous voulez.

— Réfléchissez à ce que je vous ai dit au sujet de la petite Vandering, voulez-vous ?

— Entendu, mais je ne crois pas que je changerai d'avis.

— Je vous téléphonerai de Washington et, à mon retour, nous dînerons ensemble.

— Ce sera avec grand plaisir.

CHAPITRE X

Durant les deux semaines qui suivirent, Ellen emmena Cecily successivement faire des courses, voir un film de Walt Disney, en matinée un dimanche et assister un samedi après-midi, aux prises de vues d'une scène tournée dans une patinoire de Brooklyn pour le film intitulé « Au revoir, doux Pistachio ».

Cecily ne lui fit aucune confidence. Fidèle à sa promesse, Ellen ne lui posa pas de questions. La fillette se montra réservée et même quand Ellen lui obtint l'autographe d'un artiste connu, elle ne remercia qu'avec un sourire forcé. Cependant, elle avait accepté toutes les invitations avec un empressement qui donnait à penser qu'elle appréciait la compagnie d'Ellen.

Comme pour se faire pardonner son attitude première, la mère de Cecily la remerciait avec chaleur chaque fois qu'elle venait chercher sa fille.

Au cours de ces deux semaines, Ellen dîna trois fois avec Len, la dernière chez lui où il prépara lui-même un poulet au paprika dans sa petite cuisine bien équipée.

Dans la soirée, quand ils furent installés côte à côte sur le divan bas, un verre de liqueur à la main, écoutant de la musique viennoise distillée par l'électrophone, il remarqua :

— J'ai déjeuné avec Howard aujourd'hui ; il vous est diablement reconnaissant de vous occuper ainsi de Cecily.

— Tout ce que j'ai fait, c'est de lui consacrer un peu de temps.

— C'est beaucoup. Après tout, vous avez votre travail.

— Quel travail ? fit-elle avec amertume.

— Ça ne marche pas fort en ce moment ?

— C'est le calme plat !

Elle avait obtenu trois journées de travail à la patinoire, mais rien d'autre ne s'était présenté depuis. De plus, le producteur qui l'avait employée pour des tournées les années précédentes, avait décidé de monter une comédie musicale où il n'y avait aucun rôle pour elle. Cela n'était pas encore dramatique. Il lui restait suffisamment d'économie pour tenir jusqu'à la rentrée où il y avait toujours davantage d'offre d'emplois.

— Malgré tout, poursuivit-il, je trouve que c'est fort généreux de votre part. J'aime Cecily parce que c'est ma nièce, mais je me rends compte que ce n'est pas une petite bonne femme très attirante.

— Je ne suis pas de votre avis.

— Frustration de l'instinct maternel, hein ? dit-il en souriant. Savez-vous que vous m'intriguez ? Vous êtes le genre de femme qui se marie à vingt ans et qui a trois enfants avant que d'autres coiffent Sainte-Catherine !

— Je me suis mariée à dix-huit ans.

— Quoi ? Vous ne m'avez jamais dit que vous aviez été mariée !

— Vous ne me l'avez jamais demandé.

— Qu'est devenu le mari ?

Elle attendit d'être certaine de pouvoir répondre avec indifférence :

— Il s'est tué dans un accident d'avion avec notre fille qui avait deux ans.

Il y eut un silence.

— Pardonnez-moi, je n'avais pas la moindre idée...

— Comment auriez-vous pu le deviner ? Voyez-vous, Cecily ressemble à Beth, ou plus exactement à ce que Beth serait aujourd'hui.

— Cela explique beaucoup de choses.

L'électrophone s'était arrêté. Il se leva, plaça plusieurs disques sur l'appareil et le mit en marche. Les accords d'une cythare jouant le thème du « Dr Jivago » retentirent dans la pièce. Len revint s'asseoir près d'Ellen, lui prit le verre qu'elle tenait à la main, le posa sur la table et l'attira vers lui.

Bien qu'elle sourît quand il la relâcha, elle éprouvait un sentiment de confusion. Il était séduisant, il avait du succès et c'était un Vandering. S'il voulait se marier, il avait un choix à peu près illimité. Il ne convenait pas à une comédienne de vingt-huit ans, veuve, sans renom particulier, de tomber amoureuse de lui.

— Comment va votre travail ? dit-elle avec enjouement.

Il lui adressa un regard étonné, mesurant la distance qu'elle venait de mettre entre eux.

— Couci-couça, aujourd'hui plutôt couça.

— Dès que je suis entrée ici ce soir, j'ai remarqué que la porte de votre atelier était fermée.

— J'ai cru m'apercevoir que vous n'aimiez pas mon « Groupe Familial » aussi ai-je préféré le soustraire à votre vue.

Elle imagina la statue de plâtre. Les masques étaient-ils en place ? ou le jeune garçon regardait-il son aîné avec ce regard d'envie ? Len s'était-il débarrassé de ce complexe, comme il le prétendait ?

Deux jours plus tard, le bouton de sonnette de

la porte de l'immeuble carillonna. Elle ouvrit l'interphone pour demander :

— Qui est là ?

— Janet Vandering. Si je vous dérange, Miss Stacey, n'hésitez pas à me le dire.

— Nullement, je vous ouvre.

Quelques instants plus tard, Mrs Vandering faisait son entrée, vêtue d'un élégant costume tailleur dans ce ton de beige si seyant aux blondes fragiles. En dépit de son maquillage, elle avait les traits tirés.

— Quelle pièce agréable, dit-elle en regardant autour d'elle.

— Merci, dit Ellen, sachant ce que ces fauteuils recouverts de cretonne à fleurs pouvaient représenter pour une femme habituée aux meubles Louis XV authentiques. Je vous en prie, asseyez-vous, que puis-je vous offrir ? J'ai du Sherry.

— Rien du tout, ne vous dérangez pas. Je suis venue vous parler de Cecily.

— Comment va-t-elle ?

— Assez bien. J'ai reçu ses notes pour ses examens de fin d'année. Elle a obtenu d'excellents résultats, bien qu'elle ait manqué une semaine. Elle n'aura aucun mal à être admise dans une autre école.

— Ne retournera-t-elle pas à l'Ecole Mainwaring ?

— Non. La directrice m'a priée de la retirer.

Ainsi la directrice ne voulait pas passer sur un second épisode risquant d'entacher le bon renom de l'établissement.

— Je suis venue vous voir au sujet des vacances. Avez-vous des projets ? Je sais combien votre carrière doit être importante pour vous...

— Il y a des années que je ne me fais plus d'illusions à ce sujet. Aujourd'hui ce n'est plus une carrière, mais un moyen de subsister.

— J'ai un grand service à vous demander. Je

me sens trop lasse pour m'occuper d'une enfant instable pendant trois mois, consentiriez-vous à passer l'été avec Cecily dans ma maison de Long Island ? Vous fixeriez vous-même le montant de vos appointements. De plus, vous ne seriez pas seule. Ma cousine, Martha Barlow a accepté de passer l'été là-bas. D'autre part, comme je ferme mon appartement, le couple que j'emploie, les Lindquish, s'occuperaient de vous.

— Cela me paraît une offre merveilleuse.

Elle songea à New York l'été, avec la foule harassée de fatigue qui se presse sur les trottoirs, la chaleur qui semble vous coller à la peau et l'air conditionné qui vous tombe sur les épaules dans les magasins et les restaurants et qui rend la chaleur extérieure encore plus insupportable.

— Ma maison est construite dans un bois, avec un sentier qui mène à la mer. Vous disposeriez d'une voiture pour pouvoir aller à East Hampton ou dans les autres villages en quelques minutes. Enfin, vous pourriez faire appel à l'oncle de Cecily si quelque chose n'allait pas, il possède une maison à proximité. Je serai moi-même chez des amis au Cap Cod.

— Je crois que l'associé de Mr Vandering a également une maison dans cette région.

Le ton brusquement distant de Janet Vandering indiquait ce qu'elle pensait de l'associé de son ex-mari :

— Oui, j'ai entendu dire qu'il avait une résidence par là, mais je n'y suis jamais allée.

— Quand voudriez-vous que je parte avec Cecily ?

— La semaine prochaine, si c'est possible.

— Puis-je vous donner ma réponse ce soir ? Je crois qu'elle sera favorable, mais je voudrais réfléchir quelques heures.

— Naturellement. Je serai chez moi, et je ne me couche jamais avant onze heures.

— Une seule précision. Je n'accepterai aucune rémunération. Je suis assez prospère en ce moment et je serais heureuse de me considérer comme votre invitée.

— A votre gré, dit Janet Vandering en se levant. J'attends votre réponse.

A dix heures, ce soir-là, Ellen avait pris sa décision. Il y avait de fortes chances pour que Cecily rompît son silence, une fois qu'elle serait loin de la ville. Elle-même apprécierait ce séjour inespéré dans les bois, au bord de la mer. Elle prendrait un arrangement avec son imprésario, pour le cas où une offre de travail très lucrative se présenterait. Mrs Vandering ne verrait sans doute pas d'objection à ce qu'elle s'absentât un jour ou deux en laissant Cecily à la garde de Martha Barlow.

Elle téléphona pour donner son accord. Il fut décidé qu'Ellen viendrait rejoindre Cecily à neuf heures le samedi matin.

Quelques minutes plus tard, le téléphone sonna chez Ellen.

— Comment va mon actrice préférée ? demanda Dan Reardon.

— Très bien. Où êtes-vous ?

— Toujours sur les rives du Potomac.

— Avez-vous terminé vos affaires ?

— Presque. Je serai de retour à New York samedi prochain et je serais heureux de dîner avec vous.

— Je serai dans les Hampton, répondit-elle en expliquant l'arrangement qu'elle venait de prendre.

— Ainsi, vous n'avez pas suivi mon conseil au sujet de Cecily ?

— Non.

— Eh bien, je ne le regrette pas car je vais souvent dans cette région en été.

— Vous voyez que le hasard fait bien les choses !

— Je m'en réjouis. A bientôt. Bonne nuit, Ellen.

Miss Amanda Mainwaring descendait la 68è Rue en compagnie de Cléo, son labrador. Bien qu'il fût près de minuit et qu'une femme âgée fût la victime toute désignée des malfaiteurs, elle n'avait pas peur. Comme tous les labradors, Cléo était un chien pacifique, mais peu de gens le savaient et devant l'apparence redoutable de l'animal, plus d'un passant faisait un écart en la croisant.

Comme toujours au cours de ces sorties nocturnes, elle s'arrêta devant l'Ecole Mainwaring et considéra la façade sombre. Ce matin, Irène Jackson, l'aide-cuisinière qui avait été à son service pendant des années, lui avait appris que Cecily Vandering irait dans une autre école à la rentrée. Miss Mainwaring avait été déçue. Elle avait espéré que la prochaine fois que la fillette serait trouvée avec de la drogue en sa possession, comme c'était inévitable, et que la police en serait avisée, comme c'était également inévitable, elle serait encore élève de l'Ecole Mainwaring. Malgré tout, la situation était toujours favorable. La perspective d'avoir à expliquer aux parents des autres élèves pourquoi le nom de Vandering ne figurait plus parmi les fleurons de l'école, causerait certainement des insomnies à sa nièce. Et quand viendrait le jour où la photographie de Cecily, montant l'escalier du tribunal entre ses parents, paraîtrait dans les journaux, il se trouverait bien un journaliste pour mentionner que l'enfant avait commencé à user de l'héroïne alors qu'elle était élève de l'Ecole Mainwaring. Oui, les choses ne se présentaient pas si mal. Cléo sur ses talons, elle reprit sa promenade solitaire.

CHAPITRE XI

Quand la voiture émergea de l'étroite route privée qui traversait les bois, Ellen vit avec soulagement que la maison, de style colonial érigée au centre d'une vaste pelouse, était grande — assez en tout cas, pour ne pas avoir à supporter la promiscuité de Martha Barlow, en dehors des repas.

Quelques minutes après être montée en voiture en sa compagnie, Ellen avait commencé à ne pas l'aimer. D'abord, il y avait eu sa brusquerie envers Cecily. La fillette lui ayant demandé pourquoi elle ne portait pas sa bague en diamant, Martha Barlow avait répondu :

— Si tu dois le savoir, Mademoiselle la curieuse, elle est chez le bijoutier pour y être nettoyée.

Ensuite, elle s'était livrée à une série de doléances au sujet de ses trois chats qu'elle était obligée de laisser aux soins d'une voisine chaque fois qu'elle venait chez les Vandering, parce que sa cousine redoutait leurs griffes sur ses meubles, au sujet de l'humidité de Long Island, néfaste pour ses rhumatismes, au sujet de l'isolement de la maison qui l'obligeait à avoir recours à Lindquish chaque fois qu'elle voulait aller faire des courses, elle-même ne sachant pas conduire. Finalement, Ellen ne put se retenir de lui répondre.

— Vous auriez dû parler de tout cela à Mrs Vandering, je suis sûre qu'elle n'aurait pas insisté pour que vous veniez.

— Peuh, je suppose que cela vaut quand même mieux que de rester tout l'été en ville, dit Martha Barlow avec humeur.

— Personnellement, je trouve que j'ai beaucoup de chance d'être invitée dans une aussi agréable région.

Le regard que lui décocha Cousine Martha était si venimeux qu'Ellen ne put réprimer un frisson.

Cependant, si elles devaient vivre ensemble pendant trois mois, il ne fallait pas laisser s'installer une franche inimitié. Cela serait préjudiciable à tout le monde et il serait alors impossible de créer l'atmosphère détendue qu'elle jugeait indispensable au bon équilibre de Cecily. Aussi reprit-elle sur un ton plus conciliant :

— Je comprends combien vos chats doivent vous manquer, j'en aurais un moi-même si mon propriétaire ne s'y opposait. Il est regrettable que vous n'ayez pu les emmener.

— Les parents pauvres n'ont pas le choix.

Maintenant, elles suivaient Lindquish, chargé des bagages et gravissaient les marches du perron. Lindquish posa les valises pour ouvrir la porte. En entrant, Ellen remarqua les grands vases chinois posés sur des supports en teck, de part et d'autre de la porte.

La maison ayant été fermée tout l'hiver, Ellen s'attendait à la trouver froide et humide, mais dans le hall, l'air avait une délicate senteur de cire parfumée au citron. Mrs Lindquish lui expliqua que Mrs Vandering faisait toujours aérer et nettoyer la maison par une firme spécialisée, avant leur arrivée.

— Vous a-t-elle indiqué quelles chambres nous étaient attribuées ?

— Elle m'a chargée d'en décider. J'ai pensé que vous aimeriez avoir une chambre près de celle de Miss Cecily, dans l'aile ouest. A cause de ses rhumatismes, j'ai mis Mrs Barlow de l'autre côté, car les fenêtres ne donnent pas sur la baie.

Cet arrangement convenait parfaitement à Ellen. Comme elle finissait de ranger ses affaires dans la vaste chambre garnie de fauteuils recouverts de chintz assorti au dessus de lit et aux rideaux, elle entendit sonner le téléphone. Elle ouvrit la porte et alla sur le palier où elle vit l'appareil téléphonique sur une table en acajou. Elle décrocha.

— Je pensais bien que vous deviez être arrivée, dit Len Vandering, bienvenue dans les Hampton !

— Merci.

— Niobé a-t-elle versé un pleur sur ses chats ?

— Len !

— Je sais, des oreille ennemies nous écoutent. Je suis venu m'installer hier avec armes et bagages. Il vous faut le temps de vous retourner, mais accepteriez-vous que je vienne vous chercher demain soir à sept heures pour aller dîner ?

— Volontiers.

— A bientôt donc.

En passant devant la chambre de Cecily, elle ouvrit la porte et vit que la pièce était vide. Inquiète, elle descendit au rez-de-chaussée. Mrs Barlow se tenait devant un tableau qu'Ellen n'avait pas remarqué en arrivant, un portrait de Janet Vandering, assise sur un divan victorien, avec sa fille, alors âgée d'environ trois ans, appuyée contre son genou. En observant l'expression de Mrs Barlow, Ellen se dit qu'elle n'éprouvait pas seulement une jalousie, somme toute compréhensible, pour sa riche cousine, mais qu'elle la haïssait.

— Mrs Barlow, avez-vous vu Cecily ?

— Elle n'est pas chez elle ? Elle est sans doute sortie.

Avec une inquiétude grandissante, Ellen se dirigea vers la cuisine où les Lindquish rangeaient des provisions dans les placards.

— L'un de vous a-t-il aperçu Miss Cecily ?

— Je l'ai vue sortir il y a environ dix minutes, dit Mrs Lindquish, elle a dû aller à la plage. Un sentier, à gauche de la maison conduit à la mer. Pouvons-nous servir le déjeuner à deux heures, Miss Stacey ?

Ellen acquiesça et sortit de la maison. Elle trouva aisément le sentier qu'elle emprunta d'un pas vif. Arrivée à un tournant, elle s'arrêta. Cecily était debout, immobile au milieu des arbres.

— Cecily !

Le petit visage qui se tourna vers elle était si grave qu'Ellen s'écria :

— Qu'y a-t-il ?

— Rien, répondit la fillette d'une voix morne. Autrefois, il y avait une jolie piscine ici. Voilà tout ce qu'il en reste.

Ellen regarda à travers les arbres et vit une petite déclivité remplie d'herbes hautes et de fleurs sauvages.

— Qu'est-il arrivé à cette piscine ?

— Elle a séché, je suppose. Elle était si claire et si belle quand je l'ai vue pour la première fois avec papa. Mais, quand je suis revenue avec maman l'année suivante, ce n'était plus qu'une vilaine petite mare bourbeuse.

Ellen garda le silence. Elle avait l'étrange impression que l'enfant venait de lui révéler quelque chose d'important si elle avait su l'interpréter. Après une longue pause, elle répondit :

— Eh bien, mais c'est joli aussi avec cette herbe et ces fleurs.

— Oui. Voulez-vous voir la plage ?

En sortant du bois, quelques minutes plus tard, Ellen vit qu'il s'agissait à peine d'une plage. Il y avait un banc de sable, semé de galets au-delà duquel se reflétaient les eaux calmes de la baie.

Elles s'assirent l'une près de l'autre sur le sable. Au bout d'un moment, Ellen se décida à demander :

— Ce qui est arrivé à la piscine te tracasse encore, n'est-ce pas ?

Cecily attendit avant de répondre :

— Ce n'est pas seulement arrivé à la piscine, mais à moi aussi.

— Que veux-tu dire ?

— J'ai l'impression d'être devenue une vilaine petite mare bourbeuse. Quand j'ai vu ce qui restait de l'eau claire de la piscine après le divorce de mes parents, je me suis sentie pleine de boue et... et...

— Mauvaise ?

La tête brune acquiesça.

— Tu as pensé que c'était pour cela que ton père était parti, parce que tu étais devenue mauvaise ?

— Ou... i.

Ainsi ce qu'Ellen avait entendu dire était vrai. Des parents divorcés, même aussi intelligents qu'Howard et Janet Vandering pouvaient infliger involontairement un terrible supplice à une enfant émotive et sensible qui se croyait responsable du gâchis causé par leur désunion.

— Je comprends que tu aies ressenti cela quand tu avais six ans, mais tu es une grande fille maintenant. As-tu toujours l'impression d'être responsable.

— Oui, dit Cecily, les yeux tournés vers la baie.

— Tu es vraiment très vaniteuse.

— Vaniteuse ?

— Comment te qualifier ? Tu penses apparemment que c'est toi qui importais le plus dans le mariage de tes parents et quand il s'est brisé, tu t'es persuadée que c'était à cause de toi. Ne t'ont-ils pas donné de raison pour expliquer leur séparation ?

— Je crois qu'ils ont prétendu qu'ils ne s'entendaient plus, mais cela ne paraît pas une raison bien convaincante.

Non, pensa Ellen, cela n'avait pas dû convaincre une petite fille qui avait le cœur brisé. Cecily demanda d'une toute petite voix :

— Vous croyez qu'ils avaient une autre raison, en dehors de moi, une raison suffisamment forte...

— Pour ne plus pouvoir vivre ensemble ? Oui.

— Quelle sorte de raison ?

— Eh bien, il arrive que des gens mariés cessent de s'aimer et parfois cela les amène à divorcer. C'est peut-être ce qui est arrivé à tes parents.

Cecily avait toujours les yeux fixés sur la baie. Ellen attendit. Avait-elle commis une erreur ? Avait-elle seulement ajouté un nouvel élément au trouble émotionnel de la petite fille ? Cecily se tourna vers elle.

— Alors, peut-être que cela n'avait rien à voir avec moi ?

Pour la première fois, Ellen lut un véritable espoir dans les yeux gris. Elle poussa un soupir et sourit :

— Bien sûr. Tes parents t'aiment tendrement depuis le jour où tu es née. Leur problème ne te concerne pas, leurs sentiments pour toi ne sont pas changés.

Les yeux de Cecily fouillaient le visage d'Ellen, enfin elle s'exclama :

— Mais alors, si je n'y suis pour rien, pourquoi ces deux hommes...

— Quels hommes ?

— Vous ne le répéterez pas ?

— Ma chérie, je ne peux rien te promettre sans savoir de quoi il s'agit.

Un conflit se lisait dans les yeux bouleversés de Cecily, finalement, elle se décida :

— Je voulais vous en parler depuis longtemps. C'est arrivé un jour où Miss Bearley nous a conduites à l'Aquarium.

Elle raconta les trois incidents. Celui de l'Aquarium, celui survenu près de la statue d'Alice et le dernier quand l'homme lui avait remis une enveloppe et qu'elle s'était enfuie aux Cloîtres. Ellen l'écouta avec consternation et une certaine incrédulité.

— Es-tu certaine que tout ce soit passé ainsi ? En trois différentes occasions, ces hommes t'ont abordée et t'ont donné de l'héroïne ?

— Oui, la dernière fois, le petit gros était seul.

— Tu as raconté à tes parents que tu avais trouvé la drogue dans un buisson de Central Park.

— C'était vrai et ça ne l'était pas.

— Tu es bien sûre que ce n'est pas une de tes camarades de classe qui te l'a donnée ?

— Oui. Papa et maman le croient, mais ils se trompent.

— Parle-moi de ces hommes, les avais-tu déjà vus avant ce jour à l'Aquarium ?

— Non. Vous ne le répéterez pas, n'est-ce pas ? Ils m'ont dit qu'ils... me retrouveraient si je parlais. Ils pourraient même venir ici, et je ne veux plus les revoir, jamais. Aussi, il faut me promettre de ne pas le répéter, n'est-ce pas ?

— Je ne sais pas, dit Ellen.

Avait-elle le droit de taire ces informations aux Vandering ? Mais elle ne voulait pas non plus trahir la confiance de Cecily.

— Ecoute, si je décide d'en parler à quelqu'un, j'en discuterai d'abord avec toi. Est-ce équitable ?

Après avoir réfléchi, Cecily répondit avec beaucoup de sérieux :

— Oui, c'est équitable.

Ellen consulta sa montre à son poignet :

— Viens, nous allons être en retard pour le déjeuner.

En remontant le sentier, Ellen se demanda si Cecily n'était pas plus sérieusement perturbée qu'on ne le réalisait et si elle n'était pas sujette à de véritables hallucinations. Toute cette histoire qu'elle lui avait racontée ressemblait étrangement à un de ces mélodrames pour feuilleton de la télévision. Les deux mystérieux étrangers, l'un grand, l'autre petit et gros portant une boîte à outils.

Une boîte à outils...

Du fond de sa mémoire surgit le souvenir de l'incident au théâtre quand elle avait eu cet accident au balcon. Elle entendait encore le bruit des marteaux et voyait circuler les ouvriers en bleus, portant des boîtes à outils... Et si Cecily disait la vérité ? Après tout, même dans son état de semi-conscience ce jour-là, aux Cloîtres, elle avait parlé de ces « ils » qui lui fournissaient de la drogue. Les adultes autour d'elle, y compris Ellen, n'avaient-ils pas trop aisément conclu qu'elle mentait ou imaginait une histoire. Et si ces hommes existaient réellement ?

Dans ce cas, ce serait des hommes de main. Aucun trafiquant ne distribuerait gratuitement de la drogue, même en faible quantité. En écartant les parents de Cecily, qui, dans son entourage, pourrait s'abaisser à un acte aussi vil que de donner de la drogue à une petite fille ?

Le visage hâlé de Dan Reardon se présenta spontanément à son esprit. Il disposait probablement d'assez d'argent pour payer n'importe qui pour faire n'importe quoi. De plus, Dieu seul savait quelles relations il avait pu garder dans les bas-fonds d'où il était sorti. Mais quel motif pourrait-il avoir pour vouloir du mal à la fille de son associé ? Il ne paraissait nourrir aucune animosité à l'encontre d'Howard Vandering. Tout au plus, pouvait-il éprouver quelque mépris pour son inaptitude en affaires.

Len Vandering ? Elle dut se forcer pour envisager sa culpabilité. Bien qu'il disposât visiblement de revenus substantiels, il habitait un quartier assez mal famé où il était facile d'avoir des contacts avec des trafiquants de drogue et, au moins dans son enfance, il avait amèrement jalousé son demi-frère. Le détestait-il au point de vouloir l'atteindre à travers sa fille ? Ellen en doutait d'autant plus qu'il paraissait éprouver de l'affection pour sa nièce. Une affection que celle-ci semblait lui retourner. Non, il était impossible de croire que Len voulût faire du mal à Cecily pour se venger de son frère, et quel autre mobile aurait-il eu ?

Quant à Martha Barlow, elle détestait visiblement sa riche et jolie cousine. Peut-être n'aurait-elle pas hésité à employer les moyens les plus odieux pour lui nuire ; mais pour mener à bien une telle entreprise, il fallait disposer de ressources qui semblaient précisément lui faire cruellement défaut. Aux yeux de tous, Martha passait pour la parente pauvre de la famille.

Amanda Mainwaring avait eu un éclair malveillant dans son regard en parlant de sa nièce qui avait usurpé sa place. Cependant, même si elle était mentalement dérangée, on imaginait mal que cette vieille dame, appartenant à l'une des meilleures familles de la ville, ait pu concevoir un plan aussi machiavélique dans le seul but de jeter le discrédit sur l'école.

Qui restait-il alors ? Ellen avait l'impression qu'elle connaissait quelqu'un qui éprouvait de l'antipathie pour l'un des Vandering mais l'identité de cette personne lui échappait. Mieux valait oublier tout cela et ne pas se faire de souci au sujet de deux hommes qui n'existaient peut-être que dans l'imagination d'une petite fille exaltée.

En traversant la pelouse, Ellen regarda Cecily et eut la surprise de voir que la fillette avait perdu son expression tendue. Elle marchait d'un pas vif, en redressant les épaules.

Cette conversation sur le divorce de ses parents lui avait fait beaucoup de bien. Dans quelques jours, Ellen reviendrait sur ces deux hommes et tenterait d'éclaircir ce mystère.

— Dépêchons-nous de monter nous laver les mains si nous voulons être à l'heure pour le déjeuner, dit Ellen.

— J'espère qu'il sera bon, j'ai une faim de loup.

Elles croisèrent Martha dans le hall. Celle-ci dit d'un ton pointu :

— Le déjeuner était prévu pour deux heures. Vous êtes en retard.

Grimpant l'escalier en courant, Cecily lança par-dessus son épaule :

— Je me sens un appétit d'ogre, tra-la-la !

Martha se retourna pour la regarder :

— Que lui arrive-t-il ? Je ne l'ai jamais vue si gaie.

— C'est peut-être le bon air. Je crois qu'elle va aller mieux.

Martha la dévisagea :

— Cette petite ? N'en croyez rien. Elle sera morte avant d'avoir vingt-cinq ans.

— Comment pouvez-vous proférer une chose pareille !

— Une fois qu'elles ont commencé...

— Vous voulez parler de la drogue ? Cecily n'est pas intoxiquée.

— Attendez qu'elle soit plus âgée ! toutes les statistiques prouvent que les drogués ne vivent pas plus de dix à quinze ans après qu'ils ont commencé. Non, croyez-moi, Cecily n'héritera jamais de la fortune de son père.

La fortune des Vandering. C'était un mobile qu'elle n'avait pas envisagé. Répugnant à discuter de ce sujet avec Martha, mais éprouvant le désir de savoir, elle questionna :

— Dans ce cas, qui hériterait ?

— Pas Janet. Elle a renoncé à ses droits à la succession quand elle a obtenu cette confortable indemnité. Je suppose que le plus proche héritier serait le demi-frère, cet artiste un peu piqué.

Ellen sentit son estomac se nouer.

— Oui, je suppose que vous avez raison.

Peu avant dix heures, ce soir-là, Cecily se tenait debout, dans l'obscurité, près de la fenêtre de sa chambre et regardait le clair de lune. Quelques minutes plus tôt, elle pensait encore que cette journée avait été une des plus belles de sa vie. D'abord Ellen l'avait débarrassée de cette idée idiote au sujet du divorce de ses parents. C'était une idée puérile que Cecily avait honte d'avoir entretenue si longtemps. Ellen avait raison, c'était de la vanité de sa part de croire qu'elle était la cause de ce divorce.

Elle avait aussi éprouvé un soulagement à parler de ces deux hommes à Ellen. Après déjeuner, elles avaient passé le reste de la journée sur la plage. Ni l'une, ni l'autre n'étaient revenues sur le sujet. Elles avaient bavardé d'un tas de choses diverses, de livres que Cecily avait lus et de films dans lesquels Ellen avait tourné.

Mrs Lindquish avait préparé un excellent dîner. Cousine Martha s'était retirée dans sa chambre de bonne heure, les laissant regarder un documentaire sur les baleines à la télévision. A neuf heures et demie, grisée de soleil et de grand air, Cecily était montée se coucher. Elle commençait à s'endormir quand elle avait entendu Ellen marcher dans le couloir. Elle savait que c'était elle, d'abord parce que Cousine Martha était dans l'autre aile et que les Lindquish se trouvaient dans leur appartement, au-dessus du garage, mais aussi parce qu'Ellen avait le pas si léger, plus léger que celui de Maman et beaucoup plus léger que celui d'Amy.

Elle se redressa dans son lit, les yeux fixés sur la fenêtre. L'autre jour Ellen lui avait dit que la police prétendait qu'Amy avait été assassinée par des cambrioleurs. Cecily désirait vivement croire cela. En fait, depuis ce jour-là, elle avait essayé de ne plus penser à Amy. Par exemple, cet après-midi, quand elle avait parlé des deux hommes, elle s'était gardée de prononcer son nom.

Pourtant Amy était là, à l'entrée du sentier lorsque l'homme lui avait parlé et le lendemain, elle était morte. La police ne pourrait-elle pas se tromper sur la cause de sa mort ? Ces deux hommes n'auraient-ils pu l'assassiner parce qu'ils avaient peur qu'elle ait deviné ce qu'ils avaient glissé dans la poche de Cecily ?

Et s'ils avaient tué Amy parce qu'elle pouvait avoir deviné, que ne feraient-ils pas à Ellen qui savait parce que Cecily, elle-même, le lui avait dit.

Glacée d'effroi, elle repoussa ses draps pour aller devant la fenêtre. Il y avait sûrement un moyen de revenir sur ses confidences. Elle avait bien vu qu'Ellen ne la croyait pas tout à fait. Sans doute pensait-elle, comme ses parents, qu'elle s'était procuré la drogue par l'intermédiaire d'une de ses camarades de classe.

Pourquoi ne pas abonder dans ce sens ? Mais qui désigner ? On lui demanderait certainement un nom et si l'on s'adressait à l'élève qu'elle aurait désignée, celle-ci nierait la chose. Dans ce cas, il fallait citer le nom d'une fille qui avait déjà quitté l'école, la petite grecque, par exemple, Christina. Non, elle était dans le Connecticut où l'on pourrait aisément la joindre.

Amala Charlis ! Voilà le nom qu'il lui fallait. Amala ne serait pas inquiétée, car elle était à des milliers de kilomètres maintenant et ne reviendrait jamais.

Cecily attendit d'avoir l'histoire bien montée dans sa tête, puis elle enfila un peignoir et sortit de sa chambre.

Quand elle entendit frapper à sa porte, Ellen posa le livre qu'elle lisait sans beaucoup d'intérêt.

— Entrez, dit-elle, puis elle ajouta en voyant sa visiteuse, tu n'as pas sommeil ? Oh ! tu n'as pas de pantoufles, assieds-toi sur mon lit.

Une fois installée, Cecily déclara :

— Ellen, je vous ai raconté un mensonge ce matin au sujet de ces deux hommes.

Au soulagement qu'elle éprouva, Ellen mesura combien cette histoire avait pesé sur sa conscience. Elle se força à répondre calmement :

— Vraiment ; Je m'en doutais un peu.

— Vous comprenez, c'est une de mes compagnes qui m'a donné ces paquets à l'école.

— Peux-tu me dire son nom ?

— Elle s'appelle Amala Chardis.

— Quel nom curieux.

— Son père était représentant d'un pays étranger à l'O.N.U., j'ai oublié lequel.

— Etait ?

— Son gouvernement l'a nommé ambassadeur après les vacances de Pâques, Amala est partie avec ses parents.

— Sais-tu comment elle s'était procuré la drogue ?

— Oui, elle en avait chipé à son frère. C'était un vieux, il avait près de vingt ans.

— Amala ne reviendra donc pas l'année prochaine ?

— Non, elle est partie définitivement.

— Cecily, pourquoi as-tu attendu si longtemps pour me dire cela ?

— Je ne voulais pas cafarder. Mais ce soir, j'ai réfléchi et j'ai pensé que puisqu'Amala était partie, je pouvais parler sans être une rapporteuse.

Ellen l'étudia attentivement. L'explication de Cecily était un peu trop spécieuse. Peut-être Amala n'était-elle pas seule impliquée.

— Je pense que tu as très bien raisonné. Mais dis-moi, si une autre fille te proposait encore de la drogue ?

— Je n'y toucherais pas, s'écria Cecily avec ferveur, je n'en ai plus besoin maintenant.

Ellen sourit. Elle n'échangerait pas ce moment, même pour le rôle principal dans la prochaine pièce de Neil Simon.

— Allons, je crois qu'il est temps d'aller te coucher. Nous avons une journée chargée devant nous avec les bains et les séances de bronzage.

En regagnant sa chambre, Cecily se sentit merveilleusement détendue. Tout irait bien maintenant. Jamais ces hommes ne sauraient qu'elle avait parlé à Ellen.

CHAPITRE XII

Le lendemain soir à sept heures, une Austin Healey rouge emmena Len Vandering et Ellen sur une route ombragée. Sous les rayons du soleil couchant, les troncs d'arbres prenaient une teinte rose et les feuilles de chênes et d'érables semblaient taillées dans du bronze.

— Je suis navrée de vous décevoir, dit Ellen, mais j'aimerais être rentrée vers dix heures.

— Vous n'y pensez pas ! C'est pratiquement le milieu de l'après-midi !

— Je sais. Aujourd'hui Cecily m'a dit qu'elle n'avait jamais assisté au lever du soleil et je lui ai promis que, demain matin, nous irions voir l'aurore ensemble. Le jour se lève tôt en juin.

— Je suppose qu'une promesse est une promesse. A propos, que lui est-il arrivé ? Ce soir, elle m'a paru se comporter comme une enfant normale.

— Je pense qu'elle va le devenir. Elle s'est confiée à moi. Elle m'a raconté beaucoup de choses, notamment comment elle se procurait l'héroïne.

Il parut surpris. Les yeux fixés sur la route, il demanda :

— Bon début. Comment se la procurait-elle ?

— Par l'intermédiaire d'une camarade de classe.

Elle lui répéta l'histoire d'Amala Chardis et il questionna :

— Howard et Janet sont-ils au courant ?

— Oui. Du moins, j'ai appelé son père ce matin. Il m'a paru très soulagé. Il va contrôler, mais il est certain que cette fillette a quitté le pays. Il se souvient avoir lu dans les journaux qu'un représentant de l'O.N.U. du nom de Chardis avait été rappelé.

— Comment diable vous y êtes-vous prise pour faire parler ce petit sphinx ?

— Oh ! elle ne m'a pas dit la vérité tout de suite, dit Ellen en souriant, d'abord elle m'a raconté une histoire à dormir debout, selon laquelle deux hommes lui auraient donné la drogue.

La voiture fit une embardée, puis se redressa.

— Maudit soit cet écureuil ! grogna-t-il.

— Je ne l'ai pas vu.

— J'ai failli le tuer. Que disiez-vous ?

Elle lui résuma le récit de Cecily.

— Elle regarde trop la télévision, hein ?

— C'est possible, mais je crois que la pauvre chérie s'est trouvée devant un véritable conflit. Elle voulait se confier à moi, mais elle ne voulait pas dénoncer une camarade. Apparemment, il lui a fallu huit heures pour décréter que cette élève ayant quitté le pays, elle ne serait pas une rapporteuse en me révélant la vérité.

— Sacrée gosse ! Et dire que, de génération en génération, on nous répète que l'enfance est le meilleur moment de la vie !

— Personnellement, je me sens bien dans ma peau.

— Moi aussi, dit-il en souriant.

Quand il la ramena à la maison, le clair de lune baignait la pelouse. Les deux heures agréables qu'elle venait de passer lui firent regretter d'abréger la soirée. Len arrêta la voiture et dit :

— Attendez une seconde. J'ai à vous parler ; c'est au sujet de Dan Reardon. Il a une maison à Hampton.

— Je le sais.

— Il va venir souvent ici et j'espère que vous ne le verrez pas trop. Comprenez-moi, Ellen, ce n'est pas seulement la jalousie qui me fait parler. Je sais qu'il peut plaire à certaines femmes, mais ce n'est pas un homme pour vous.

Ellen entendit à peine la dernière phrase. Son attention avait été attirée par le mot « jaloux ». Elle se secoua. Elle savait qu'il ne serait pas sage de tomber amoureuse de Len. Cela ne pourrait que se terminer par une invitation à partager son appartement d'East Village où elle fréquenterait ses voisins hippies et apprendrait à lui préparer ses martinis. Sans aucun doute, avant six mois, la belle histoire serait terminée. A vingt ans, un cœur brisé et le mépris de soi-même sont aisément surmontés. A près de trente ans le cœur et l'orgueil étaient moins élastiques. Elle répondit avec légèreté :

— Qu'avez-vous donc à lui reprocher en dehors du fait qu'il est probablement incapable de tenir un pinceau ?

— Des histoires courent sur lui. Par exemple on dit qu'il a ou qu'il a eu de gros intérêts à Las Vegas et vous savez ce que cela signifie.

— Des liens avec la mafia ou le Syndicat ? Mais ne dit-on pas cela de tout homme qui réussit en partant de rien ?

— Oui, et la plupart du temps ce n'est pas vrai. Il arrive que ça le soit.

— Votre frère ne croit certainement pas à ces rumeurs, autrement il n'aurait pas pris Dan pour associé.

— Pauvre Howard ! Il est si désireux de prouver que le génie des affaires des Vandering n'est pas mort avec le vieux Samuel qu'il prendrait le diable pour l'aider ! Il l'attira dans ses bras et ajouta : eh bien, si je ne peux vous mettre en garde contre Reardon le seul moyen de vous détourner de lui est peut-être de vous accaparer afin que vous n'ayez plus de temps à lui consacrer.

— C'est sans doute un bon moyen.

Quand elle entra dans la maison, dix minutes plus tard, elle trouva Martha occupée à regarder un vieux film à la télévision. Elle abandonna George Brent pour remarquer :

— Vous rentrez de bonne heure.

— J'ai promis à Cecily que nous assisterions au lever du soleil.

Déjà Martha avait retourné son attention sur le héros de l'histoire que venait de rejoindre Bette Davis.

Une fois dans sa chambre, Ellen posa son sac et s'approcha de la fenêtre. Peut-être était-ce Len qu'elle devrait fuir. Elle n'avait pas sommeil, un bain de mer lui ferait du bien et, à cette époque de l'année, l'eau serait bonne.

Elle descendit quelques minutes après, une robe en éponge sur son maillot de bain. Martha était toujours devant la télévision.

— Je vais prendre un bain, expliqua-t-elle.

— A cette heure-ci ?

Sans répondre, elle sortit. Le clair de lune qui filtrait à travers les arbres était suffisant pour lui permettre de trouver aisément son chemin. Elle arriva à l'endroit où, la veille, Cecily s'était arrêtée pour regarder la piscine disparue. Elle avait atteint le sable et commençait à défaire la ceinture de sa robe quand elle sentit une présence. Elle se retourna et vit un homme.

— Qui êtes-vous ? dit-elle avec stupéfaction ?

Apparemment, l'homme aussi était surpris, car il s'immobilisa brusquement en levant la tête. Elle reconnut la chevelure rousse et le visage aristocratique de Dale Haylock. Au même instant, elle réalisa que l'amoureux transis de Janet Vandering était la personne dont l'identité lui avait échappé la veille, quand elle avait passé en revue ceux qui pourraient nourrir de la rancune envers les Vandering. Il s'approcha en criant avec colère.

— Mon nom est Haylock et je pourrais vous poser la même question !

— Ellen Stacey. Je crains d'être obligée de vous demander ce que vous faites ici, Mr Haylock ?

— Cela ne vous regarde pas.

— Mais si, précisément. Mrs Vandering m'a laissé la garde de sa propriété pour l'été et les gens qui se promènent sur cette plage privée me regardent.

— Je parie cependant que je connais Janet depuis plus longtemps que vous ! Changeant de ton, il se mit à geindre : il y a trois ans, nous venions tous les deux sur cette plage et nous avions l'habitude de nous baigner par des nuits comme celle-ci.

— Comment êtes-vous venu jusqu'ici ?

— En voiture par la route privée.

— Je m'excuse, Mr Haylock, mais Mrs Vandering n'aimerait pas vous savoir là.

— Allez au diable. C'était une idée stupide, de toute façon.

Il remonta sur le sable en direction des arbres. Elle l'entendit progresser sous la futaie, puis le bruit d'un moteur lui apprit qu'il partait.

Aussitôt elle l'oublia, défit sa robe et alla se plonger avec délices dans l'eau tiède. Elle nagea une vingtaine de mètres et se mit sur le dos en contemplant les étoiles. Quand elle commença à avoir froid, elle revint vers la berge, reprit pied et marcha légèrement sur les galets en se dirigeant vers l'endroit où elle avait laissé sa robe et ses sandales. Elle remarqua alors une silhouette sombre qui se dressait à l'orée du bois. Tout d'abord, elle pensa que Dale Haylock était revenu, puis, elle se rendit compte que l'homme qui se tenait là était moins grand et plus robuste.

— Vous êtes belle, dit Dan Reardon.

Plus que les mots, la rudesse de sa voix lui apprit ce qu'il ressentait. Un peu embarrassée, elle répondit en se baissant pour prendre sa robe.

— Dan ! vous m'avez fait peur, je ne vous avais pas reconnu !

— Je m'en excuse. Telle n'était pas mon intention.

— Je croyais que vous deviez passer le week-end à New York ?

— J'ai changé d'idée.

— Quand êtes-vous arrivé ?

— Chez moi ? Hier, tard dans la soirée. Il y a une heure, j'ai décidé de faire un tour en voiture et je me suis arrêté pour vous voir. La cousine de Mrs Vandering m'a dit que vous étiez à la plage.

— Eh bien, maintenant que vous êtes là, voulez-vous venir boire quelque chose à la maison ?

— Avec plaisir.

En revenant par le sentier, elle reprit :

— Je crains de ne pouvoir vous retenir long-temps, car je dois me lever à quatre heures du matin.

— Pour dire vos prières, tournée vers l'est ?

Elle sourit et expliqua la promesse faite à Cecily. En arrivant devant la maison, elle vit une voiture impressionnante arrêtée devant la porte.

— Une Rolls-Royce ?

— Une Bentley. J'avais l'intention d'acheter une Rolls, mais quelqu'un m'a fait remarquer que, pour le moment, ce serait de l'ostentation.

— Je plains les gens qui réussissent. Quels problèmes ils ont à affronter, les pauvres !

— Ouais, tout ce que l'on peut dire, c'est que ça vaut tout de même mieux que d'échouer.

Martha était allée se coucher en laissant les appliques du hall éclairées. Ellen alluma une lampe au salon.

— Belle installation, fit Dan en regardant autour de lui la cheminée monumentale, les tapis de haute laine et les fauteuils recouverts de tissu à fleurs.

— N'êtes-vous donc jamais venu ici ?

— Non, je ne connaissais pas Howard quand cette maison lui appartenait.

— Que désirez-vous boire ?

— Un cognac, s'il vous plaît.

Elle le servit et se versa un whisky. Il leva son verre :

— Félicitations. J'ai appris que vous aviez amené Cecily à vous avouer qui était son fournisseur.

— Comment le savez-vous ?

— J'ai vu Howard hier après-midi. Il est rudement soulagé de savoir que l'autre gamine, Emilia...

— Amala.

— Bref, qu'elle ait quitté le pays.

— Oui, il avait l'air heureux quand je lui ai téléphoné. Il m'a dit que cela importait plus pour lui que toute autre chose.

— Je suis enchanté qu'il n'ait plus de souci à se faire de ce côté-là. Il doit se préoccuper de renflouer une petite compagnie d'aviation avec ses propres deniers. L'ennui est que je ne peux m'occuper de tout et Howard n'a pas l'esprit aux affaires quand il a des problèmes personnels.

— Il n'aurait peut-être pas dû entrer dans les affaires.

— Il est certain qu'il n'est pas fait pour ça. Il aurait mieux fait de se tourner vers la politique, comme les autres gars qui ont hérité de quelques dizaines de millions.

Un moment plus tard, il reposa son verre.

— Je vais vous laisser vous reposer. D'ailleurs, nous devons partir de bonne heure demain matin.

— Nous ?

— J'ai une invitée pour le week-end.

— Quelqu'un comme Delphine ?

— En fait, c'est Delphine. Sachant que vous ne seriez pas à New York, je lui ai téléphoné hier et pendant le dîner, nous avons décidé de venir ici.

Ellen se demanda ce que Delphine pouvait faire pendant que son hôte rendait visite à une autre femme. Elle l'accompagna jusqu'à la porte et monta dans sa chambre.

Quel homme étrange ce Dan Reardon ! Depuis le premier jour, elle se rendait compte qu'il était violemment attiré par elle, et cependant, il n'avait même pas essayé de lui prendre la main.

Elle remonta son réveil et constata qu'il était déjà minuit moins dix. Bah ! rien ne l'empêcherait de faire la sieste demain après-midi.

Ce fut dans une boutique de Southampton que, deux jours plus tard, Ellen rencontra Delphine. En compagnie de Martha Barlow et de Cecily, elle allait sortir du magasin, quand une grande femme brune, portant un pantalon blanc et d'énormes lunettes noires, s'approcha :

— Eh ! je vous connais ! C'est vous qui déjeuniez avec Dan l'autre jour.

— Oui, en effet.

— Puis-je vous parler une minute ?

Quelque chose dans l'attitude de la jeune femme dit à Ellen que ce qu'elle avait à lui confier n'était pas pour les oreilles de Cecily. Se tournant vers Martha, elle suggéra :

— Voulez-vous m'attendre dans la voiture ?

Cachant sa curiosité sous un sourire, Martha

sortit avec Cecily. Quand la porte se fut refermée, Delphine entraîna Ellen à l'écart.

— Ecoutez, dit-elle, je sais que Dan a une haute opinion de vous, bien qu'il ait refusé de me dire votre nom, alors je pense que vous devez savoir de quoi il est capable.

Elle retira ses lunettes. Avec horreur, Ellen vit qu'elle avait un œil au beurre noir et la joue tuméfiée.

— Vous voulez dire que Dan... ?

— Bien sûr. Dimanche soir, répondit Delphine en remettant ses lunettes.

— Il est difficile de croire...

— C'est difficile pour vous. Il vous traite probablement comme si vous étiez une porcelaine délicate. Comment vous appelez-vous ?

— Ellen Stacey. C'est affreux ! comment a-t-il pu...

— Nous sommes allés à sa propriété au bord de la mer. Dimanche soir, il est parti se promener en voiture, pas avec le domestique qui lui sert souvent de chauffeur, mais tout seul. Il ne m'a même pas proposé de l'accompagner. Quand il est rentré, nous avons eu une petite discussion et il m'a flanqué un marron et jetée dehors.

— Il vous a jetée dehors ?

— Il m'a donné cinquante dollars pour me payer une chambre d'hôtel et le voyage de retour à New York, en disant à son domestique de me conduire à Southampon. Une de mes copines a loué une maison ici, alors j'ai préféré économiser ces cinquante dollars et je suis allée chez elle.

— Je suis navrée d'apprendre tout cela.

— Je pensais que vous deviez le savoir. Avisant une robe du soir en jersey de soie vert, elle la drapa devant elle en demandant : croyez-vous que cela m'irait ?

— Très bien, dit Ellen en se retournant vers la porte, les jambes molles. Au revoir.

— Salut. Si vous voyez Dan, dites-lui que je lui souhaite d'attraper la lèpre !

En se retrouvant sur le trottoir, Ellen se dirigea lentement vers la voiture. En dépit de sa réputation et de ses origines, Dan lui avait été sympathique, mais être dur en affaires était une chose, boxer une femme de cinquante kilos en était une autre.

Naturellement, Delphine pouvait avoir menti, mais Ellen avait l'intuition qu'elle disait la vérité. Elle ne croyait pas davantage que le comportement de Delphine ait pu justifier une telle action. Se forçant à sourire, elle ouvrit la portière de la voiture et se mit au volant.

Les deux semaines suivantes furent les plus agréables qu'Ellen ait connues depuis des années. A l'exception de deux jours passés à New York pour tourner un film publicitaire pour la télévision, elle se baigna tous les matins et se grilla au soleil sur la petite plage de galets. En compagnie de Len et de Cecily, elle se promena dans la baie Peconic dans un canot de louage. Tantôt tous les trois, tantôt seule avec Len, elle parcourut la région des Hampton dans l'Austin Healey et découvrit d'adorables petits villages nichés dans la verdure. Ses cheveux blonds avaient pris une nuance dorée. A l'exemple de Cecily, son corps était bronzé et elle avait acquis un féroce appétit.

A deux reprises, Len les avait emmenées toutes les deux dans sa petite maison, construite sur pilotis, dans une anse. Elle le regarda peindre avec une concentration telle qu'il en oubliait ses visiteuses et le temps qui passait.

Les parents de Cecily téléphonaient souvent. Sa mère du Cap Cod, son père de New York. Une dizaine de jours après leur arrivée, Howard dit à Ellen :

136

— Comme j'aimerais vous exprimer ma reconnaissance, Miss Stacey ! Si vous saviez quel soulagement j'éprouve à savoir qui était cette élève et qu'elle a quitté le pays. Je n'entrerai pas dans les détails, mais jusqu'à présent, je me reposais trop sur Dan Reardon ; dorénavant, je vais reprendre mes affaires en main.

— Je suis heureuse de l'apprendre.

— Vous semblez voir beaucoup mon jeune frère ?

— En effet.

— Bravo ! Vous aurez peut-être une aussi heureuse influence sur lui que sur ma fille.

En vérité, elle voyait Len presque chaque jour. Si son but, comme il l'avait dit en plaisantant, était de l'accaparer pour qu'elle ne pût voir Dan Reardon, alors ses efforts n'étaient pas nécessaires. Dan n'était pas revenu et n'avait pas donné signe de vie. A cause du souvenir que lui avait laissé son entrevue avec Delphine, Ellen en était soulagée.

Un après-midi où Ellen se trouvait seule avec Len, longeant en voiture une route bordée de pins, près d'Amagansett, il ralentit :

— La villa de Reardon est tout près d'ici, voulez-vous la voir ?

— Croyez-vous que nous puissions nous présenter sans prévenir ?

— Il n'est probablement pas là. Mon frère m'a dit que Reardon restait beaucoup en ville ces temps-ci. Nous pourrons jeter un coup d'œil sur sa maison, de l'extérieur.

— Très bien.

Ils s'engagèrent dans une route étroite, portant un écriteau « Propriété privée. Défense d'entrer ».

— Nous verrons peut-être son yacht, dit Len.

— J'ignorais qu'il en eut un. Est-il grand ?

— Assez. Il peut recevoir douze personnes.

— Dan doit être aussi riche qu'Onassis !

— Pas encore, mais laissez-lui le temps.

La route descendait et la maison se dressait sur la plage en contre-bas. Longue et basse, avec un toit de tuiles rouges, elle semblait avoir été transportée du sud de la Californie. Près d'un quai en travers de la baie, était ancré un gracieux yacht blanc. Plus près du rivage était amarré un petit canot à moteur.

— Dan doit être là, voici sa Bentley, dit Len.

A travers la porte ouverte du garage, à gauche de la maison, Ellen aperçut la luxueuse automobile ainsi qu'une petite voiture de sport et une camionnette grise.

— Pouvons-nous lui tomber dessus ainsi à l'improviste ?

— Bien sûr, dit Len en souriant, il sera furieux de nous voir ensemble.

— Je pensais que les hommes étaient au-dessus de ces vilains petits tours.

— N'en croyez rien.

En s'approchant du bateau, Ellen vit un homme occupé à repeindre la cheminée du bateau. Il ne tourna même pas la tête. Len appuya sur le bouton de sonnette. Un homme mince, d'environ quarante ans, au visage olivâtre, vint ouvrir la porte.

— Bonjour Emilio. Mr Reardon est-il là ?

— Oui, Mr Vandering, donnez-vous la peine d'entrer.

Ils pénétrèrent dans un vaste salon, garni d'un mélange de mobilier moderne et de meubles anciens espagnols. La voix de Dan s'éleva avec un accent de surprise :

— Est-ce vous, Howard ?

— Vous vous trompez de Vandering, répondit Len. Quand Dan, vêtu d'un pantalon noir et d'un pull-over bleu apparut dans l'embrasure de la porte, il ajouta : mais j'imagine que même si ma visite ne vous comble pas de joie, vous serez heureux de voir Ellen.

Il était impossible de dire s'il était heureux ou non. Certes, ses yeux bleus reflétaient une expression chaleureuse, mais Ellen vit aussi qu'en dépit de ses efforts pour le cacher, il était agacé. Peut-être par l'air de propriétaire affecté par Len, ou bien de recevoir cette visite inattendue.

— Bonjour Dan, fit-elle en souriant. Nous n'allons pas rester. Nous n'aurions pas dû venir sans vous prévenir.

— Pas du tout. Je suis ravi de vous voir. J'espère seulement que vous ne verrez pas d'inconvénient à ce que je vous reçoive dans la pièce voisine. J'y ai fait installer un *"dehumidifier"*. Je souffre de sinusite.

Ses visiteurs le suivirent dans une pièce beaucoup plus petite et plus agréable que le salon. Là, les fauteuils étaient en cuir noir et sur le mur, des étagères étaient couvertes de livres, pour la plupart traitant de sujets financiers. La fenêtre avait vue sur la mer. Quand le valet de chambre leur eut servi de grands verres de vodka, Len demanda :

— Quand êtes-vous arrivé ?

— Hier. Il faisait tellement chaud à New York que je n'ai pu le supporter. Malheureusement, en arrivant ici cette maudite humidité m'a déclenché une crise de sinusite. J'aurais dû me faire construire la maison dans l'arrière pays.

— Vous n'auriez pu profiter de ce magnifique bateau, dit Ellen.

— Je regrette de ne pouvoir vous en faire les honneurs, je suis en train de le faire repeindre.

— Avez-vous une cigarette, Dan ? demanda Len après avoir tâté ses poches.

— Je suis navré, mais je ne fume plus depuis deux ans. Emilio en a fait autant. Vous devriez suivre cet exemple. C'est très mauvais pour la santé.

— J'ai déjà essayé plusieurs fois, sans résultat. Voulez-vous m'excuser une minute, je dois avoir un paquet de cigarettes dans la voiture.

Quand Len fut sorti, Dan sourit :

— Hampton vous réussit, vous êtes en beauté, Ellen.

— Merci.

— Où en êtes-vous avec Cecily ?

Tout en lui racontant les promenades, les baignades et l'étude ornithologique à laquelle elle se livrait avec Cecily depuis qu'elles avaient découvert un livre sur les oiseaux dans une librairie, Ellen ne pouvait s'empêcher de penser à Delphine. Etait-ce dans cette pièce qu'il s'était livré à ces manifestations de violence sur la jeune femme ? Au bout d'un moment, Dan remarqua :

— Je me demande ce que fait Len ?

— Il n'a probablement pas trouvé de cigarettes dans la voiture et il est allé en acheter.

— Ah ! ces hommes qui ne savent pas se passer de leur vice !

Il y eut un silence. Puis Ellen demanda :

— Vous rappelez-vous ce dimanche soir où vous êtes venu me voir ?

— Naturellement.

— Le surlendemain, j'ai rencontré Delphine dans un magasin de Southampton.

— Et alors ? dit-il avec froideur.

— Elle a retiré ses lunettes. Son œil était dans un état affreux. Dan, avez-vous vraiment fait cela ?

— L'ai-je corrigée, voulez-vous dire ? Oh ! oui, la sale petite garce. Bien entendu, je n'avais pas l'intention de la marquer de la sorte. J'ai voulu la gifler et elle a tourné la tête au mauvais moment.

— Mais pourquoi avez-vous fait une chose pareille ?

— Je vais vous le dire. Je l'ai surprise en train de fouiller dans le secrétaire de ma chambre. J'ai

140

ouvert son sac et j'y ai trouvé les boutons de manchettes en brillant que j'avais achetés il y a dix ans et que je ne porte plus parce qu'ils sont trop voyants. Ils représentent une valeur certaine et cette petite ordure, avec qui je me suis toujours montré généreux, essayait de me les voler.

— D'accord, c'est une voleuse. Pourquoi ne pas avoir appelé la police ?

— A mon tour de vous dire que je ne lui aurais jamais fait une chose pareille, dit Dan avec indignation. Croyez-moi, Delphine a certainement préféré une correction que d'avoir à s'expliquer avec un flic, d'autant plus qu'elle a eu des difficultés avec la police à Miami l'hiver dernier.

— Alors, pourquoi ne vous êtes-vous pas contenté de reprendre votre bien ?

— Et laisser colporter partout que je suis une poire ? Jamais !

Ellen le regarda avec consternation. Il était évident qu'il pensait que la correction infligée à Delphine était le juste châtiment de sa conduite. En dépit de sa colère, Delphine pensait probablement la même chose.

— Je suppose que je ne peux pas vous comprendre, fit-elle en soupirant.

— Non, bien sûr, c'est ce qui me plaît en vous : vous ne pourrez jamais comprendre ces choses-là.

Le silence s'appesantit et ce fut un soulagement que d'entendre le valet de chambre s'exclamer :

— Ah ! vous voici de retour, Mr Vandering.

CHAPITRE XIII

Vers six heures du soir, deux jours plus tard, après une longue promenade en canot, Len reconduisit Ellen et Cecily chez elles. En descendant de voiture, Ellen soupira d'aise après cette bonne journée de grand air. Len s'effaça en souriant pour laisser passer Cecily qui grimpait les marches en chantonnant.

— C'est curieux, jusqu'ici cette gamine ne courait jamais. Je m'en suis rendu compte en la voyant commencer à le faire dernièrement. Voulez-vous que nous allions dîner à Montauk demain soir ?

— Avec plaisir.

— Je viendrai vous chercher à sept heures.

Elle attendit qu'il ait démarré pour gravir à son tour les marches du perron. Comme elle entrait dans le hall, Martha sortit du salon :

— On a téléphoné un télégramme pour vous.

— Que disait-il ?

— Je l'ai écrit, il est là, sur la table.

Ellen prit le papier et lut :

Arriverons aérodrome Kennedy 9.20 P.M. par American Airlines. Affections Maman et Papa.

Ellen relut le message avec stupéfaction. Elle avait téléphoné à ses parents une semaine plus tôt et ils ne lui avaient pas parlé de ce voyage.

— Etes-vous certaine que c'est pour moi ?

— Il est adressé à Miss Ellen Stacey, aux bons soins de Mrs Janet Vandering.

Même si ses parents avaient subitement décidé ce voyage — ce qui ne leur ressemblait guère — ils auraient pu lui téléphoner avant de faire le voyage de Santa Monica, où ils habitaient, jusqu'à Los Angeles, où ils devaient aller prendre l'avion. Puis, elle s'inquiéta. Peut-être avaient-ils de si mauvaises nouvelles à lui communiquer qu'ils avaient préféré être près d'elle pour les lui annoncer. Un médecin avait peut-être diagnostiqué une grave maladie chez l'un d'eux ?

En la voyant s'élancer dans l'escalier, Martha remarqua :

— Si vous allez à New York, vous devriez d'abord manger quelque chose.

— Je n'ai pas le temps. Je prendrai un sandwich là-bas.

L'heure d'affluence étant passée, elle arriva à l'aéroport à neuf heures. Elle gara sa voiture dans le parking des bâtiments de l'American Airlines en s'efforçant de ne pas penser qu'elle était venue là pour accompagner Richard et Beth, huit ans plus tôt. Elle s'approcha du bureau de renseignements. Le vol 920 serait à l'heure, lui dit-on. Elle se rendit alors à la brasserie où elle commanda un café et un sandwich, mais, la gorge serrée, elle ne put rien avaler.

A travers le haut-parleur, une voix annonça enfin que les passagers du vol 920, en provenance de Los Angeles, allaient sortir par la grille N° 7. Ellen se hâta dans cette direction et arriva à temps pour voir émerger trois officiers. Ensuite, se présenta une femme corpulente avec un bébé dans les bras, d'autres militaires, mais aucun homme grand avec un visage rude et des cheveux blancs, accompagné d'une femme élancée dont la chevelure blonde se teintait de fils d'argent. Autour d'elle, des groupes se formaient, des gens s'embrassaient ou se serraient la main. Les derniers voyageurs s'écoulèrent. Elle s'approcha d'une hôtesse :

— Tous les passagers de cet avion sont-ils descendus ?

— Oui, il n'y a plus personne.

— Pourtant mes parents devaient se trouver là.

— Ils ont peut-être manqué ce vol et pris le suivant, dit l'hôtesse avec sympathie. Vous devriez vous renseigner sur l'heure d'arrivée du prochain avion.

— Vous avez raison. Je vous remercie.

Cependant, chemin faisant, elle se dit qu'elle n'était même pas certaine que ses parents aient quitté la Californie. Elle n'avait pas reçu elle-même le télégramme et n'avait que la parole de Martha Barlow. Elle s'arrêta pour regarder ce qu'elle avait comme argent dans son sac. Environ deux dollars. Au tarif de nuit réduit, elle avait assez pour appeler la Californie. Si elle n'obtenait pas de réponse, elle attendrait le prochain avion.

Quelques minutes plus tard, la voix de sa mère répondit :

— Ellen ! Que se passe-t-il ?

— Rien, je pensais seulement à vous. Comment vas-tu ? Comment va papa ?

— Nous allons bien tous les deux. Nous avons passé deux heures à jouer au golf cet après-midi. Ton pauvre père s'illusionne toujours sur mes qualités de sportive. Nous allions nous mettre à table dans le patio, il est à peine sept heures ici. Tu vas bien, au moins ?

— Oui, pourquoi.

— Tu nous as déjà téléphoné la semaine dernière et je me demandais...

— Non, rassure-toi, tout va bien. Embrasse papa pour moi. Bonne nuit, maman.

En sortant de la cabine téléphonique, Ellen remarqua à peine les gens qui allaient et venaient. Pourquoi Martha lui avait-elle menti ? Certes, elle se rendait compte que Martha ne l'aimait guère, mais elle ne devait nourrir d'affection pour personne en dehors de ses chats. D'ailleurs, jusqu'ici, leurs relations étaient restées courtoises. Pourquoi aurait-elle jugé à propos de lui jouer un aussi vilain tour ? A moins que Martha, ou quelqu'un d'autre, n'ait voulu l'attirer hors de la maison ce soir, mais c'était absurde.

Néanmoins, en mettant le contact pour faire démarrer sa voiture, sa main tremblait légèrement.

Cecily se retourna dans son lit. Dans son rêve, la grêle se mettait brusquement à tomber sur le pont du canot où elle était assise au soleil, avec Ellen, un moment plus tôt. Tirée de son sommeil, elle réalisa que des insectes se cognaient contre les vitres de sa fenêtre. C'était bizarre. D'habitude, cela ne se produisait que lorsque la lumière était allumée. Le bruit reprit. Ce n'était ni la grêle, ni des insectes, mais des graviers.

Saisie d'une sourde angoisse, elle rejeta ses couvertures et se leva pour s'approcher de la fenêtre. Il n'y avait pas de clair de lune ce soir, mais elle distinguait une brume légère qui se levait au-dessus de la pelouse.

Elle distingua alors une silhouette sombre qui se dressait près du mur de la maison, cachée sous le porche, de sorte que l'on ne pouvait l'apercevoir des autres fenêtres.

L'homme dut voir trembler le rideau de sa fenêtre, car une torche électrique s'alluma pendant une fraction de seconde, assez longtemps pour lui permettre de reconnaître le visage maigre et de voir le geste de la main levée.

Pendant un moment, elle resta immobile, fixant la pelouse, puis elle s'éloigna de la fenêtre. Une sourde colère dominait sa honte. Non ! elle n'était pas mauvaise, c'était cet homme, en bas, qui était mauvais, ainsi que l'autre qui devait être là, lui aussi, tapi dans l'ombre. Des gens de cette espèce devraient être arrêtés.

Que faire ? Sortir dans le hall et appeler la police ? Bien avant que la police n'ait le temps d'arriver, ces deux hommes entreraient dans la maison et la tueraient, comme ils avaient tué Amy. Ils tueraient Cousine Martha, si elle tentait de s'interposer.

Sa colère tombait maintenant et elle avait peur, tellement peur que la sueur ruisselait le long de son dos. Si seulement elle pouvait courir jusqu'au garage pour appeler Lindquish, mais ils devaient la guetter, elle les imaginait déjà, s'élançant pour la saisir.

Impossible de rester là à ne rien faire. Mieux valait s'habiller en vitesse et aller les trouver. Si elle ne le faisait pas, ils croiraient qu'elle avait alerté la police ou qu'elle essayait de réveiller Cousine Martha. Ils entreraient dans la maison et...

Fébrilement, elle saisit un blue-jeans et un pull-over. A tâtons, elle enfila ses sandales en songeant qu'il était heureux qu'Ellen ne fût pas là. Elle était si brave qu'elle n'aurait pas hésité à appeler la police.

Le palier était plongé dans l'obscurité. Cecily trouva son chemin en longeant le mur, puis en s'agrippant à la rampe. Son cœur battait la chamade. Elle essayait de se rassurer en se disant qu'ils ne lui feraient aucun mal et se contenteraient de lui remettre une enveloppe en lui recommandant de n'en parler à personne.

Au rez-de-chaussée, le hall était également dans une complète obscurité. Elle s'efforça de se diriger en marchant tout droit, les mains tendues devant elle. Cependant, elle dut obliquer car elle heurta quelque chose de dur et sentit un choc, aussitôt suivi d'un bruit de porcelaine brisée. Elle avait renversé l'un des vases chinois, près de l'entrée.

La panique s'empara d'elle. Dehors, l'homme allait-il croire qu'elle l'avait fait exprès, espérant réveiller Cousine Martha ? Vite, il fallait sortir et lui expliquer que c'était un accident.

D'une main frémissante, elle saisit la poignée de la porte, tourna le bouton et sortit sur le porche en laissant la porte ouverte derrière elle. Mais, dès qu'elle eut descendu les marches, elle constata que l'homme n'était plus là. Ne sachant que faire, elle s'avança sur la pelouse en frissonnant, son regard fouillant anxieusement sous les arbres.

Une lampe s'alluma et s'éteignit deux fois. Ils étaient là-bas, près du sentier qui conduisait à la plage. Le sang battant à ses oreilles, elle alla au-devant d'eux.

Sur le tableau de bord, la pendule marquait onze heures quarante quand Ellen sortit de la route privée des Vandering pour venir se ranger devant la maison. En proie à une indignation mêlée de crainte elle avait conduit à toute allure pour revenir plus vite. Sans prendre le temps de ramener la voiture au garage, elle ouvrit la portière et sauta à terre. Apparemment les lampes du vestibule étaient allumées. Martha était peut-être levée.

Dès qu'elle eut poussé la porte entrebâillée, elle s'arrêta court en regardant le piedestal renversé et les débris du vase chinois répandus sur le sol. Qui l'avait cassé et pourquoi n'avait-on pas ramassé les morceaux ? Elle écouta. Aucun bruit. La maison paraissait étrangement vide.

Sa crainte se transformant en inquiétude, elle monta l'escalier en courant et ouvrit la porte de la chambre de Cecily. La lumière du hall lui permit de distinguer les draps froissés rejetés au pied du lit. Elle tourna l'interrupteur. La pièce était vide. Rapidement, elle alla jeter un coup d'œil dans la salle de bains, vide également.

Elle se précipita sur le palier qu'elle traversa en courant pour aller frapper à la porte de Martha. Pas de réponse. Elle tourna le bouton et alluma la lumière. Là aussi, les couvertures étaient repoussées et le lit vide. Que s'était-il donc passé pour que toutes les deux se soient levées au milieu de la nuit pour disparaître ?

Affolée, elle pensa cependant aux Lindquish et alla frapper à leur porte en passant par la cuisine et l'escalier extérieur.

Portant un peignoir sur son pyjama, Lindquish apparut et demanda :

— Qu'y a-t-il, Miss Stacey ?

— Savez-vous où sont Mrs Barlow et Miss Cecily ?

— Ne sont-elles pas dans leurs chambres ?

— Non. Une voiture est-elle venue et repartie ?

— Nous n'avons rien entendu. Avez-vous fouillé la maison ?

— Non.

Elle n'y avait même pas songé, mais pour quelle raison Cecily et Martha se cacheraient-elles ?

— Je vais appeler la police.

Nouant la ceinture de sa roche de chambre en flanelle, Mrs Lindquish surgit près de son mari :

— Je m'en charge. Thorn, habille-toi et va aider Miss Stacey à fouiller la maison et le jardin.

— Je vous attends, dit Ellen.

Frisonnant malgré la douceur de la nuit, elle

resta en bas de l'escalier, écoutant la voix de Mrs Lindquish qui expliquait à la police comment parvenir à la maison Vandering. Une idée germa dans son esprit. Elle voyait Martha et une personne inconnue emmenant de force Cecily en voiture. Martha dont l'histoire du télégramme l'avait écartée de la maison. Poussée par la pauvreté et la haine, Martha pouvait avoir organisé un kidnapping.

La porte s'ouvrit. Lindquish sortit et lui tendit une torche électrique.

— Vous pourrez regarder autour de la maison, pendant que je chercherai à l'intérieur.

Il se dirigea vers l'entrée principale tandis qu'Ellen avançait avec précaution sur la pelouse en appelant alternativement Martha et Cecily. Soudain un gémissement lui répondit.

— Cecily ! cria-t-elle.

Sur sa droite, le gémissement reprit. Il provenait du sentier menant à la mer. Le cœur battant, elle courut vers les arbres. Le rayon de sa lampe tomba sur l'ourlet d'une robe de chambre en coton jaune. Une tache de sang s'élargissant sur sa poitrine, Martha était étendue entre deux érables, le visage d'une mortelle pâleur.

— Lindquish, hurla Ellen, en s'agenouillant près de la femme blessée. Que s'est-il passé ?

Les lèvres décolorées articulèrent lentement :

— Le bruit m'a réveillée.

Pour lui éviter des efforts, Ellen dit :

— J'ai vu. Le vase chinois.

— Cecily... pas dans sa chambre...

— Alors vous êtes descendue et vous avez vu le vase brisé.

— Porte d'entrée... ouverte.

— Vous êtes sortie pour chercher Cecily. Avez-vous vu ou entendu quelque chose ?

— ... lumière...

— Une lumière de ce côté-ci, dit encore Ellen,

consciente de la présence de Lindquish à ses côtés, vous êtes donc venue ici, ensuite ?

— Cecily... deux hommes... l'un d'eux... avait un couteau.

Abasourdie, Ellen se sentit prise de vertige. Ainsi cette histoire était vraie après tout. Levant les yeux, elle vit que Mrs Lindquish les avait rejoints après s'être habillée. Elle tenait une lampe à acétylène à la main.

— L'un de vous veut-il appeler une ambulance, s'il vous plaît.

Lindquish partit en courant. Ellen demanda :

— Ces hommes ont-ils emmené Cecily ?

— ... sais pas... entendu voiture...

Ramassant la torche, Ellen se redressa.

— Restez près d'elle, je vous prie, Mrs Linsquish.

Puis, elle s'élança en direction de la mer en criant le nom de Cecily. Comme elle débouchait sur la plage, elle entendit un sanglot et tourna le faisceau de sa lampe sur la gauche. La joue appuyée contre un tronc d'arbre, Cecily était pelotonnée sur le sable. Ellen se précipita vers elle et la prit dans ses bras. Elle paraissait hébétée.

— Cecily, es-tu blessée ?

Un hochement de tête, à peine perceptible lui répondit.

— Ces deux hommes t'ont-ils donné quelque chose ? demanda-t-elle tandis qu'au loin retentissait une sirène.

— Oui, chuchota Cecily.

— Où est-ce ?

— Je l'ai enterré dans le sable, dit la petite voix tremblante. Je suis différente, maintenant.

— Oh ! ma chérie !

Malgré son inquiétude pour cette pauvre Martha, si injustement soupçonnée, Ellen ressentit une joie profonde.

— Bien sûr, tu es différente, maintenant. C'est

dans une enveloppe n'est-ce pas ? Où l'as-tu mise ?

— Par là, je crois.

Ellen ramassa la torche et ne tarda pas à trouver l'enveloppe contenant trois petits paquets sommairement enfouis dans le sable. Elle les glissa dans la poche de son manteau afin de pouvoir les remettre à la police.

— Viens, ma chérie.

— Cousine Martha... ces hommes l'ont-ils... ?

Si elle devait mourir, il faudrait le lui dire, tôt ou tard.

— Il faut attendre pour pouvoir se prononcer.

Cecily avala péniblement sa salive et réprima un sanglot :

— Je voulais rester près d'elle, mais j'ai eu peur qu'ils reviennent.

Ellen fit un détour sous les arbres afin d'éviter de passer par le sentier.

CHAPITRE XIV

La voix de Mrs Lindquish l'appelant par son nom réveilla Ellen. Se redressant dans son lit, elle se frotta les yeux et jugea, à la lumière qui filtrait à travers les rideaux tirés, qu'il était midi passé.

— Oui ?

— Un détective demande à vous voir, Miss Stacey.

— Très bien, je descends.

Brisée de fatigue, elle sortit péniblement de son lit et commença à s'habiller.

Les heures qui s'étaient écoulées entre minuit et le lever du jour restaient dans son souvenir comme un mélange indistinct de bruit et de visage étrangers. Sirène des voitures de police, sirène de l'ambulance qui, hélas, était arrivée trop tard. Piétinement des policiers qui avaient envahi la propriété. Police d'East Hampton d'abord, puis police de Riverhead, siège du comté. Des détectives en civil l'avaient questionnée ainsi que les Lindquish et Cecily. Perdue dans son grand fauteuil, les mains croisées sur les genoux, Cecily avait répondu d'une voix assourdie, encore marquée par le choc ressenti. Oui, ces hommes lui avaient déjà donné trois fois de l'héroïne avant aujourd'hui. Non, elle n'avait pas vu leur voiture, elle l'avait seulement entendue quand ils étaient repartis. A ce moment-là, elle s'était réfugiée sur la plage. Oui, elle pouvait exquer la lumière qui avait attiré Cousine Martha. L'un des deux hommes, le petit gros, avait fait tomber son paquet de cigarettes et il avait allumé son briquet pour le chercher.

Alerté par Ellen, Howard Vandering était arrivé peu après deux heures du matin. Len Vandering était aussi venu, une expression anxieuse au fond de ses yeux gris allant d'Ellen au petit visage tendu de sa nièce. Qui l'avait prévenu ? Elle l'ignorait. L'un des Lindquish, probablement. A moins que son frère ne se fût arrêté en cours de route pour lui téléphoner.

Il faisait déjà jour quand Howard Vandering, l'air hagard, était reparti pour New York en emmenant sa fille avec lui. Peu après, les derniers détectives s'étaient éclipsés à leur tour. Ellen était montée dans sa chambre et avait sombré dans un sommeil peuplé de cauchemars.

Maintenant, en descendant l'escalier, elle sentait les prémices d'une migraine due à la fatigue et à la tension nerveuse.

Un homme d'une cinquantaine d'années, vêtu d'un complet gris, se leva en la voyant entrer au salon.

— Miss Stacey ? Détective Monaham de la police de Riverhead.

— Etiez-vous là hier soir ?

— Non, je n'étais pas de service.

— Excusez-moi, mais il y avait tant...

— Je sais. Vous devez être fatiguée de répondre à des questions, aussi m'efforcerai-je d'être bref. Il sortit de sa poche un paquet de cigarettes et le lui tendit : connaissez-vous quelqu'un qui fume cette marque ?

Elle vit un paquet vert clair avec une bordure argentée et des lettres tracées en caractères arabes.

— Je n'ai jamais vu de paquets semblables.

— Ce n'est pas surprenant. Ces cigarettes sont libanaises et ne sont pratiquement pas vendues aux Etats-Unis. Un seul buraliste de New York en possède un petit stock.

— Je ne comprends pas.

— Une cigarette identique a été trouvée près de l'endroit où Mrs Barlow a été assassinée. Il ne s'agit pas d'un mégot, mais d'une cigarette qui n'a pas été fumée et qui a dû tomber accidentellement d'un paquet.

Ellen hocha la tête. Cecily avait dit que l'un des hommes avait allumé son briquet pour chercher un paquet de cigarettes, attirant ainsi l'attention de Martha Barlow. Il était étrange de penser que si ce paquet n'était pas tombé, Martha serait peut-être encore en vie.

— Si cette marque se vend aussi peu, le buraliste de New York pourra sans doute vous aider à retrouver ces hommes.

— Nous y avons pensé, naturellement, mais il est probable que la cigarette que nous avons trouvée provient d'un paquet introduit en fraude. Le Liban est grand fournisseur d'opium et un trafiquant a pu se procurer une cartouche de ces cigarettes avec un autre envoi clandestin provenant de ce pays. Eh bien, ce sera tout, Miss Stacey. J'espère que nous n'aurons plus à vous déranger.

Elle venait de fermer la porte sur le policier, quand le téléphone sonna. C'était Len.

— J'aurais appelé plus tôt si je n'avais craint de vous réveiller.

— Avez-vous des nouvelles de Cecily ?

— Howard m'a appelé il y a quelques minutes. Cecily est avec sa mère. Janet est revenue par avion du Cap Cod.

— Tant mieux. Oh ! Len, qui a pu soudoyer ainsi ces hommes horribles ?

— Je l'ignore, dit-il avec gravité, mais ce doit être quelqu'un qui déteste Cecily, Janet ou Howard... je suppose que vous êtes trop fatiguée pour me recevoir maintenant ?

— Oui, Len, en effet, je voudrais essayer de dormir.

— Et, naturellement, vous avez oublié que nous devions dîner ensemble ?

— Excusez-moi, mais j'ai vraiment besoin de repos.

— Je comprends. Eh bien, je vais travailler. Je n'y ai pas beaucoup la tête, mais ce sera peut-être une distraction. Au revoir, Ellen, je vous téléphonerai demain.

Pressée par Mrs Lindquish, elle prit une légère collation composée d'un jus d'orange, d'un toast et de café, puis, elle retourna dans sa chambre et s'étendit sur son lit. Mais elle ne put dormir. Des scènes se présentaient à son esprit enfiévré, comme des extraits de films. Dale Haylock, s'éloignant sur la plage, en titubant comme un homme ivre, Amanda Mainwaring, remâchant ses vieilles rancunes, Dan Reardon, lui lançant d'un ton moqueur « Bien sûr, je suis un menteur et un gredin, demandez-le à qui vous voudrez », Len, retirant les masques des statues de son « Groupe familial ».

Finalement, à force de se retourner, elle sombra dans un lourd sommeil dont elle fut tirée une demi-heure plus tard par un cauchemar. Dans la maison éclairée a giorno, elle courait dans l'escalier à la recherche de Cecily, quand au détour du couloir, surgissait de l'ombre une silhouette masquée portant sur le bras une corde de pendu.

Le cœur battant encore de frayeur, elle ouvrit les yeux et consulta sa montre. Il était cinq heures et demie. Un bain de mer l'aiderait peut-être à retrouver son calme.

Effectivement, elle se sentit mieux tant qu'elle nagea, mais dès qu'elle eut repris pied, son regard se posa à l'endroit où elle avait retrouvé Cecily la veille. Dan Reardon s'était tenu presque à la même place le soir où il lui avait dit de cette voix sourde : Comme vous êtes belle !

Evitant le sentier, elle coupa à travers bois pour retourner à la maison. Quand elle y arriva, la nuit commençait à tomber. Elle se prit à regretter de ne pas avoir regagné New York la veille avec Cecily et son père, ou ce matin par le train. Pourtant c'était absurde ! Si un danger la menaçait, elle serait beaucoup moins à l'abri, seule dans son appartement. Les Lindquish lui avaient proposé de coucher dans la maison, cette nuit et Thor Lindquish avait une arme, un revolver calibre 38 que Mrs Vandering avait acheté quand elle était venue s'installer ici seule avec sa fille et les domestiques après son divorce.

Oui, elle serait bien plus en sécurité ici. Mais l'idée de passer la nuit dans cette maison où tous les souvenirs de la nuit précédente l'assailleraient, ne lui souriait guère.

Elle montait les marches du perron quand elle eut envie de téléphoner à Len pour lui dire qu'elle avait changé d'avis et qu'elle accepterait de dîner avec lui. Elle pourrait aussi le prier de passer la nuit à la maison. Sans même prendre le temps de se changer, elle composa le numéro. Il n'y eut pas de réponse, bien que le téléphone sonnât huit fois. Peut-être était-il allé faire une promenade sur la plage.

Elle fit un autre essai quand elle fut habillée, sans plus de succès. A sept heures et demie, Mrs Lindquish lui servit une épaule d'agneau braisée et des asperges. Comme elle l'avait craint, elle éprouvait une impression pénible à se trouver seule à cette table. En fait, elle avait été sur le point de proposer aux Lindquish de dîner avec eux à la cuisine ; elle ne l'avait pas fait par crainte de les gêner.

Quand Mrs Lindquish vint changer les assiettes, elle alluma la lumière. Il ferait bientôt complètement nuit. Perdue dans ses pensées, Ellen se demandait si elle devait appeler Dan Reardon ? S'il était là, elle ne doutait pas qu'il accepterait volontiers de venir coucher ici ou même de la ramener à New York. Mais depuis environ deux semaines, elle éprouvait des sentiments contradictoires à son égard. D'un côté, elle était flattée et même remuée, de l'évidente attraction qu'elle exerçait sur lui. En même temps, elle était troublée qu'il passât une partie de sa vie dans un monde qu'elle ne comprenait pas. Un monde où une Delphine volait des boutons de manchettes et où un homme la corrigeait moins par colère que pour ne pas passer pour un jobard. Si seulement elle avait pu joindre Len au téléphone.

Mrs Lindquish venait de placer devant elle une glace au citron et une tasse de café. Ellen leva la tête et lui dit :

— Je crois que je vais aller jusque chez Mr Vandering. J'ai à lui parler.

— Peut-être allez-vous penser que cela ne me regarde pas, Mademoiselle, mais vous devriez aller vous coucher, vous avez l'air fatigué.

— Je ne resterai pas longtemps et ce n'est pas loin.

— Le pneu gauche de la voiture est usé, Miss Stacey. Mon mari en a commandé un neuf, mais il ne l'aura pas avant deux ou trois jours.

— Je conduirai doucement.

Pourquoi Mrs Lindquish insistait-elle autant pour qu'elle restât à la maison.

— Après ce qui s'est passé la nuit dernière, il n'est peut-être pas très prudent de partir seule en voiture, la nuit. Il serait plus sage de rester ici.

Cette insistance irrita Ellen qui répliqua sèchement :

— Non, je n'ai rien à craindre, soyez sans inquiétude, Mrs Lindquish.

Quand elle eut traversé le village d'Amagansett pour prendre la route conduisant chez Len, un croissant de lune brillait dans le ciel étoilé.

Elle arriva à l'extrémité de la péninsule et passa devant de modestes pavillons. Dans une semaine, après la fermeture de toutes les écoles, la plupart de ces maisons seraient occupées par des familles en vacances. Pour le moment, une seule était éclairée.

Un dernier virage et elle déboucha sur la baie. Elle aperçut la maison de Len sur ses pilotis et la mer où se reflétaient les étoiles. Une lampe était allumée à l'une des fenêtres. Dieu merci, il était là.

Elle gara sa voiture près de l'Austin Healey et coupa le contact. Elle entendit alors un bruit qui s'associait dans son souvenir à la maison de Len : le clapotis de la marée contre les piliers de soutènement de la villa.

Elle arrivait au pied de l'escalier quand la lampe extérieure s'alluma. Len devait avoir entendu sa voiture. Elle le trouva devant la porte ouverte.

— Ellen ! entrez donc.

En pénétrant dans le living-room, elle vit les reliefs d'un repas dans une assiette. Avec un sourire contraint, elle remarqua :

— Vous ne répondez pas au téléphone.

— Le téléphone ? Mais il n'a pas... Oh ! bon sang ! j'ai oublié que je l'avais débranché ! Asseyez-vous, je reviens tout de suite.

Pendant qu'il allait dans sa chambre, son regard tomba sur l'assiette contenant un os de côtelette et des feuilles d'artichaut. Comment se faisait-il que les hommes prenaient toujours la peine de se faire la cuisine au lieu de se contenter d'un sandwich mangé en hâte au coin de la table de la cuisine ?

— Là, ça y est, dit-il en revenant, je suis de nouveau en contact avec le monde extérieur. Que se passe-t-il, Ellen, non que je ne sois ravi de vous voir, quelle qu'en soit la raison.

— Eh bien, je me sentais seulement un peu nerveuse.

— On le serait à moins. Heureusement, j'ai ici d'excellents remèdes Vodka, gin...

— Non, merci. Je préférerais du café.

— J'allais justement en faire. Ne bougez pas, dit-il en se dirigeant vers la cuisine.

Mais, il lui était impossible de rester en place. Elle se leva et s'approcha pour regarder une toile posée sur un chevalet. Il était en train de peindre le paysage que l'on voyait de sa fenêtre. La baie, avec une petite île boisée et un voilier s'éloignant dans la brise.

— J'aime votre nouveau tableau.

— Il n'est pas terminé, répondit-il de la cuisine.

Elle allait retourner s'asseoir quand elle s'arrêta, figée sur place, regardant avec incrédulité la petite table, près du chevalet. Il ne pouvait y avoir la moindre erreur. Parmi les tubes de peinture et les pinceaux, un paquet de cigarettes froissé était partiellement caché par un chiffon maculé de peinture. On distinguait le bord argenté de ce paquet vert clair, sur lequel ressortaient les caractères arabes.

Ainsi, c'est Len, pensa-t-elle.

Sur le moment, elle ne ressentit aucune émotion mais un choc profond. Ainsi, ces deux hommes étaient venus là, ou du moins l'un d'entre eux. Quand ? La veille, avant d'aller chez Janet Vandering pour donner de l'héroïne à sa petite fille et poignarder Martha Barlow ? Ou bien étaient-ils venus aujourd'hui pour toucher leur salaire ? De toute façon, l'un d'eux avait laissé ce paquet de cigarettes et, Len, distrait par son travail, ne l'avait pas remarqué. Il n'avait d'ailleurs aucune raison pour le faire disparaître. Comment aurait-il pu deviner qu'un de ses hommes de main avait laissé tomber une cigarette de cette marque dans le sentier allant à la mer ?

Avec un sursaut de colère, elle se souvint qu'elle aurait pu tomber amoureuse de lui si elle s'était laissée aller à ses sentiments.

— Ellen...

Fascinée par ce paquet froissé, elle ne l'avait pas entendu revenir.

— Qu'y a-t-il ? que regardez-vous ?

— Rien, je ne me sens pas bien. J'ai eu un vertige.

— Allongez-vous un instant, dit-il en lui prenant le bras.

Elle se dégagea, incapable de supporter son contact.

— Non, c'est passé, mais je crois que je ferai mieux de rentrer.

— Vous n'êtes pas en état de conduire.

— Mais si, cela ira, Len, laissez-moi passer.

Les sourcils froncés, il la dévisagea. Elle ne l'avait pas trompé, du moins, pas complètement. Ses yeux gris avaient un regard inquiet.

— Très bien, dit-il enfin, je vais vous suivre en voiture pour m'assurer que tout va bien. Attendez-moi, je vais chercher les clefs de ma voiture.

Soupçonnait-il qu'elle avait deviné quelque chose ? Dans ce cas, il lui serait facile de provoquer un accident sur la route déserte.

Il était dans sa chambre. Pivotant sur ses talons, elle ouvrit la porte aussi doucement que possible et descendit les marches en courant.

CHAPITRE XV

Elle s'était déjà glissée derrière le volant de sa voiture et elle mettait le contact quand elle entendit Len l'appeler. Elle fit marche arrière et tourna. Pendant une brève seconde, elle le prit dans le faisceau de ses phares et tandis qu'il reculait, ébloui, elle démarra en trombe.

Dieu merci, il avait dû courir après elle sans avoir pris le temps de chercher les clefs de sa voiture. Cela lui permettait de respirer. Avec un peu de chance, elle arriverait au poste de police d'Easthampton avant qu'il n'ait pu la rejoindre.

Tout en conduisant aussi vite qu'elle l'osait sur cette route étroite, elle surveillait son rétroviseur. Il ne la suivait pas encore. A un tournant de la route, se présenta une villa éclairée. Devait-elle s'arrêter pour appeler la police ? Non, décida-t-elle, en semaine, il y avait de grandes chances pour que le chef de famille fût en ville. Elle ne trouverait probablement qu'une femme seule. S'il surgissait pendant qu'elle composait le numéro...

La route serpentait pendant plusieurs kilomètres, ce qui lui permit d'apercevoir la maison de Len, en contre-bas. La lampe extérieure éclairait l'Austin Healey. Pourquoi ne s'était-il pas encore lancé à sa poursuite ?

Sans doute avait-il cherché ce qui avait provoqué sa fuite et il avait peut-être découvert le seul objet insolite, ce paquet de cigarettes qui, d'une façon ou d'une autre, l'avait trahi. Elle l'imaginait courant dans sa chambre pour y prendre une arme avant de se précipiter vers l'escalier.

Cinq petites maisons à la file lui bouchèrent momentanément l'horizon. Quand elle put jeter un dernier regard sur la baie, son cœur battit plus fort. La voiture rouge faisait marche arrière. Nerveusement, son pied écrasa l'accélérateur.

Elle venait de tourner sur la route nationale, lorsque des phares annoncèrent une voiture qui approchait. Elle eut envie de descendre pour demander de l'aide, mais elle réfléchit qu'avant d'avoir pu s'expliquer, l'Austin Healey l'aurait rattrapée. Quelques secondes plus tard, elle se félicita de sa décision : en croisant la vieille conduite intérieure noire, elle vit une femme à cheveux blancs au volant.

Une série de virages l'obligèrent à ralentir. Aucun phare ne brillait dans son rétroviseur, mais sur cette route sinueuse, il pouvait s'être dangereusement rapproché sans qu'elle s'en doutât.

Soudain, il y eut une explosion. Pendant un instant terrifiant, elle crut qu'il avait tiré sur elle, mais la voiture fit une embardée et elle comprit que Mrs Lindquish avait eu raison de la prévenir : un pneu venait d'éclater. Elle s'efforça de redresser, sans freiner ou ralentir trop rapidement. Au bout de quelques secondes qui la laissèrent faible et tremblante, elle reprit le contrôle de la voiture. Tout en continuant à avancer en cahotant, elle se demanda avec désespoir ce qu'elle devait faire ? Abandonner la voiture sur le bas-côté et se cacher sous les arbres ?

Puis, avec un soupir de soulagement, elle se souvint qu'il y avait une station-service un peu plus loin. En roulant à faible allure, elle parvint au virage pour constater avec consternation que la station-service était fermée pour la nuit. Mais une cabine téléphonique se dressait à droite des pompes à essence, en bordure de la route.

En cahotant de plus en plus, elle conduisit la voiture derrière le garage, descendit, ferma la portière et courut vers la cabine.

Elle venait d'y entrer quand elle entendit une voiture approcher à toute allure. A une seconde près, elle avait été sur le point de refermer la porte sur elle, allumant ainsi automatiquement la lumière au-dessus de sa tête. Lâchant la poignée de la porte, elle s'aplatit contre la paroi de la cabine, remerciant le ciel de porter une robe bleu marine, au lieu de la robe jaune clair qu'elle avait failli mettre.

L'Austin Healey passa comme un bolide. Elle eut le temps de reconnaître au volant, Len Vandering, les mâchoires serrées.

Vite maintenant. Ayant fermé la porte, elle déclencha la lumière et chercha fébrilement le numéro de téléphone de la police dans l'annuaire. Puis elle fouilla dans son porte-monnaie. Une seule pièce pouvait être utilisée. Elle allait l'introduire dans la fente quand elle retira la main. La police arrêterait-elle Len immédiatement ? Elle voyait au moins deux bonnes raisons pour qu'il n'en fût rien. D'abord, elle aurait du mal à persuader la police de cette élégante station balnéaire qu'un membre de la famille Vandering dût être appréhendé. Ensuite, même si elle parvenait à convaincre l'officier de service, il était possible que les forces de police, peu importantes en cette saison, soient occupées ailleurs. Et, entre-temps, Len ne l'ayant pas rejointe, réaliserait qu'il devait l'avoir dépassée et il reviendrait, plus lentement cette fois...

Dan Reardon ! Sa maison n'était qu'à cinq kilomètres de là. Il pourrait appeler la police qui écouterait plus favorablement l'associé de Howard Vandering, et il n'hésiterait pas à venir la chercher.

D'un geste maladroit, tant elle se pressait, elle ouvrit l'annuaire, chercha son numéro et le composa. Et s'il n'était pas là ?

Mais il répondit en personne.

— Ellen ! J'ai essayé de vous téléphoner, il y a environ une demi-heure. La femme de chambre m'a dit que vous étiez sortie. Où êtes-vous ?

— Je vous en supplie, Dan, venez me chercher. Je suis devant la station-service Frank et Harry, c'est sur la route, entre...

— Je sais où c'est. Que se passe-t-il ?

— Ne me posez pas de question. Avant de venir, appeler la police. Dites-leur d'arrêter Len Vandering. Il est sur la route, dans son Austin Healey, entre ici et Easthampton.

— Len Vandering ? Bon sang ! Ellen, pourquoi ?

— Vous ne le savez peut-être pas, mais Martha Barlow a été assassinée la nuit dernière.

— Je l'ai appris tout à l'heure quand Howard m'a téléphoné. C'est pour cela que je vous ai appelée.

— Je vous en prie, Dan, écoutez-moi, le temps presse. C'est Len qui a engagé des hommes pour commettre ce meurtre.

— En êtes-vous certaine ? dit-il d'une voix abasourdie.

— Oui. Il me tuera s'il me retrouve. Il me poursuit en voiture. Je suis prisonnière ici. La station-service est fermée et un pneu de ma voiture vient d'éclater.

Il y eut un silence, puis Dan reprit d'une voix sourde :

— Ecoutez-moi bien, Ellen, si vous pouvez faire avancer votre voiture, cachez-la.

— C'est fait. Elle est derrière le garage.

— Bon. Vous même, mettez-vous à couvert. Autant que je m'en souvienne il y a des arbres par là. Pour gagner du temps, je vous envoie Emilio pendant que j'appelle la police.

Sans rien ajouter, il raccrocha.

Sortant de la cabine, elle courut se cacher derrière un arbre d'où elle voyait distinctement la route. Pour la première fois depuis qu'elle avait aperçu ce paquet de cigarettes froissé, elle fut assez calme pour réfléchir aux mobiles qui avaient pu pousser Len Vandering à agir de la sorte. Pourquoi avait-il essayé de condamner sa jeune nièce à une mort lente ? Pour se venger du frère qu'il n'avait cessé de jalouser bien qu'il s'en défendît ? Pour mettre la main sur les millions qui, si Cecily disparaissait, lui reviendraient un jour ? Ou bien obéissait-il à un autre mobile qu'elle ne pouvait même pas deviner ?

Au delà de sa peur, elle sentait une blessure profonde. En dépit de ses résolutions, elle savait qu'elle était éprise de lui.

Un camion passa en direction d'Easthampton, suivi d'un vieux tacot bringuebalant. Ensuite, pendant environ cinq minutes, il n'y eut pas de circulation. Enfin, elle vit apparaître avec soulagement la Bentley noire qui vint se ranger derrière sa propre voiture. Quand le conducteur descendit pour l'appeler à voix basse, elle était déjà prête à le suivre.

Une fois installée sur le siège arrière, elle appuya la tête sur le cuir beige. Les yeux mi-clos, elle fixait sans les voir les épaules et la tête d'Emilio à travers la vitre de séparation.

Cherchant toujours vainement la clef de l'étrange comportement de Leonard Vandering, elle revit cette froide journée de mai, aux Cloîtres, où tout avait commencé.

En sortant du musée pour aller à la terrasse, elle s'était heurtée à un homme corpulent, plutôt petit. A l'époque, elle n'y avait pas attaché d'importance, mais elle se disait maintenant que c'était probablement ce même homme qui le même jour s'était introduit à l'Ecole Mainwaring avec un équipement de réparateur de téléphone. Il avait sans doute vu Cecily se sauver de l'école. Inquiet, il avait dû la suivre, craignant qu'elle ne portât l'enveloppe à sa mère ou à la police.

Ellen le voyait, surveillant Cecily, montant derrière elle dans l'autobus, ou la suivant en taxi jusqu'aux Cloîtres. Il l'avait certainement observée quand elle était entrée au musée. L'avait-il suivie immédiatement sur la terrasse ou bien avait-il attendu un moment ? Ce qui était sûr, c'est qu'en entendant ses pas, il avait fait demi-tour si précipitamment qu'ils s'étaient heurtés à la porte.

Il avait dû la voir téléphoner et partir en taxi avec la fillette. Alors seulement, il avait été faire son rapport à Len Vandering et celui-ci avait répondu :

— Pas de panique. Je vais me renseigner sur cette fille et j'aviserai ensuite.

Il avait facilement obtenu les renseignements qu'il souhaîtait par son frère. Le lendemain, elle l'avait trouvé en grande conversation avec Howard Vandering et le soir même, elle lui avait appris qu'en dépit de ce coup de téléphone anonyme — de Len lui-même ou d'un de ses acolytes — elle allait essayer d'aider Cecily, comme Amy Thornhill l'avait fait.

Evidemment, cela avait suffi pour déclencher des représailles, car le lendemain soir, dans ce vieux théâtre de Broadway...

Les phares bas d'une voiture de sport apparurent sur la route. Instinctivement, elle s'aplatit dans la voiture. Les phares balayèrent l'intérieur de la Bentley et disparurent. Elle attendit quelques secondes avant de demander à travers le tube acoustique :

— Etait-ce la voiture de Mr Vandering ?

— Oui, Miss Stacey.

Une minute plus tard, la Bentley s'engagea dans la route privée de Dan. Ellen ferma les yeux. Des questions ne cessaient de se presser dans son esprit confus. Pourquoi Len ou ces hommes n'avaient-ils pas attenté à sa vie ? Lui-même en avait eu l'occasion en sortant avec elle le soir. Peut-être pensait-il qu'elle ne représentait pas un danger immédiat. Certes, il avait dû passer un mauvais moment quand elle lui avait fait part du récit de Cecily à propos des deux hommes. Mais il avait dû se rendre compte qu'elle ne croyait pas cette histoire.

La Bentley descendait maintenant la pente raide. Elle ouvrit les yeux et vit la longue maison blanche et son garage dont la porte était grande ouverte. Emilio vint lui ouvrir la portière et la conduisit à la maison. Elle aperçut le yacht ancré près du quai ainsi que le canot à moteur.

CHAPITRE XVI

— Enfin, vous voilà ! s'écria Dan en ouvrant la porte.

— Nous avons croisé Len Vandering, il y a quelques instants. Vous devriez prévenir la police.

— Voulez-vous vous charger de cela, Emilio ?

— Très bien, Mr Reardon, dit Emilio en se retirant.

Les genoux tremblants, Ellen se laissa tomber dans un fauteuil espagnol. En face d'elle se trouvait la porte entrouverte du bureau. Machinalement, elle songea au jour où Len les avait laissés seuls dans cette pièce et où Dan lui avait expliqué pourquoi il avait corrigé Delphine. Il était étrange de penser que ce jour-là, c'était Dan qui lui avait paru brutal et, à plus d'un titre, corrompu.

S'étant assis, il demanda :

— Eh bien, Ellen, que s'est-il passé ?

— Un détective est venu me voir cet après-midi. Il m'a montré un paquet de cigarettes.

Elle expliqua ce que le policier lui avait appris et comment, étant allée rendre visite à Len, elle avait découvert le paquet froissé sur sa table. Tandis qu'elle parlait, l'étonnement sur le visage de Dan fit place à l'inquiétude et à la colère. Finalement, il demanda :

— Vandering sait-il que l'on a trouvé cette cigarette près du corps ?

— Non, car alors il n'aurait pas laissé traîner ce paquet chez lui.

— Oui, cela semble logique. Lui en avez-vous parlé ?

— Non, j'avoue que j'ai perdu la tête, je n'ai songé qu'à fuir.

Il la regarda pendant un long moment en silence, puis il se tourna vers la porte entrouverte et dit d'une voix sèche et dure qu'elle ne lui connaissait pas :

— Très bien, vous pouvez sortir.

Un homme petit et corpulent entra dans la pièce, suivi d'un grand maigre avec un visage aux lèvres minces. Les deux hommes s'immobilisèrent avec une expression presque identique de veulerie et d'appréhension. Comprenant immédiatement qui ils étaient, Ellen les dévisagea avec stupéfaction.

— Espèces d'imbéciles, fit Dan avec une sourde colère, qu'est-ce qui m'a fichu une pareille bande d'abrutis...

Muette d'étonnement, elle l'écouta les insulter pendant une bonne minute. Il termina d'un ton méprisant :

— Et d'ailleurs quel besoin aviez-vous de fumer, c'est là une habitude pernicieuse, je l'ai toujours dit !

Le plus petit des deux hommes se défendit :

— Je n'ai pas fumé pendant que nous attendions la môme. Jamais je n'aurais couru le risque de laisser des mégots derrière moi.

— Et dire que ces Ostrogoths m'étaient recommandés comme étant exactement les hommes dont j'avais besoin ! Expérimentés, mais sans casier judiciaire, avec cependant quelque esprit. Je m'aperçois que c'était là trop demander !

— Il faisait chaud sous ces arbres. En ôtant ma veste, j'ai entendu tomber quelque chose et j'ai

172

allumé mon briquet pour chercher. J'aurais mieux regardé, si cette grosse mémère n'avait rappliqué.

— Ainsi c'est comme ça que vous avez attiré son attention ? Vous m'aviez pourtant juré que ce n'était pas votre faute si vous aviez été obligés de la descendre ! Vous vouliez me faire croire qu'elle était arrivée là par hasard.

Durant le bref silence qui suivit cette algarade, l'esprit d'Ellen se remit à fonctionner. Ce n'était pas Len Vandering que ce gros homme avait été prévenir après l'avoir vue ramener Cecily des Cloîtres, ce bel après-midi de mai. Ce n'était pas Len qui avait donné des ordres aux corrupteurs de Cecily, aux assassins de Martha Barlow, mais l'homme qui se trouvait à quelques pas d'elle, Daniel Reardon. Tout au fond d'elle-même, elle sentait sourdre une mortelle frayeur, tout en ayant l'impression que l'univers entier basculait autour d'elle.

Les mains agrippées aux bras de son fauteuil, elle tourna la tête vers la porte. L'homme maigre dut remarquer son mouvement car, sans même la regarder, il fit un pas et alla se poster devant la porte et s'immobilisa.

Sans lever les yeux, elle détourna la tête. Elle n'était pas en danger, se répétait-elle en s'efforçant de dominer la peur qui l'envahissait. Aussi dénué de scrupules que Dan ait pu se montrer avec les autres, il ne lui ferait aucun mal et ne permettrait pas à ses hommes de lui en faire. Il était trop épris d'elle.

— Très bien, Barney, reprit Dan d'une voix dure. A un moment ou à un autre, tu as donné un paquet de ces maudites cigarettes à Vandering. Quand ?

— Si c'est ce grand type blond, cela s'est passé il y a quelques jours. Il est monté sur le yacht pendant que je polissais les cuivres et il m'a demandé si je n'avais pas deux ou trois cigarettes à lui donner parce qu'il n'en avait plus et ne savait où aller en acheter.

— Alors, tu lui as simplement refilé un paquet ?

— Pas un paquet entier, seulement ce qui restait dans celui que j'avais dans ma poche. D'ailleurs, je suppose qu'elles ne lui ont pas plu, car je lui ai vu jeter celle qu'il venait d'allumer. Comment diable aurais-je pu me méfier de lui ?Je l'ai vu sortir de la maison.

— Je ne l'ai pas vu aller sur le yacht parce que j'étais dans mon bureau et Emilio était occupé à la cuisine.

Avec un espoir aussitôt éteint, elle se souvint qu'Emilio avait été téléphoner à la police, mais naturellement, il ne l'avait pas fait. Bizarrement, elle se demanda comment Dan pouvait s'assurer la complicité d'Emilio. Par un énorme salaire ? Non, il le tenait plus probablement par quelque secret dans le passé d'Emilio. Entrée illégale aux Etats-Unis, peut-être, avec une peine capitale suspendue au-dessus de sa tête dans un autre pays.

Dan se tourna vers le grand maigre :

— Joe, pourquoi n'es-tu pas intervenu ?

— Je n'ai même pas vu ce type. Je peignais la cheminée et j'étais de l'autre côté. Nous étions censés nous comporter comme de véritables membres de l'équipage quand nous étions là.

— Eh bien, on ne peut revenir en arrière.

Avant même que Reardon ne se fût tourné de son côté, Ellen comprit ses intentions. Son expression, quand il la regarda, était un mélange de froide détermination, de regret et même de quelque chose qui ressemblait à de la peine. Sans savoir ce qu'elle allait dire, elle s'écria :

— Vous aviez chargé ces hommes de me tuer, n'est-ce pas ?

Il eut un éclair dans ses yeux bleus avant de répondre :

— Ecoutez, Ellen, Amy Thornhill aurait pu nous causer beaucoup d'ennuis si nous n'étions pas intervenus, aussi quand j'ai appris que vous sembliez vous attacher à cette gosse, j'ai été inquiet. Joe vous a téléphoné cet avertissement qui n'a servi à rien. Le lendemain vous vous êtes rendue au bureau d'Howard pour-vous inquiéter de Cecily, aussi semblait-il opportun de provoquer un accident. De plus, vous n'étiez qu'un nom pour moi. Je ne vous ai rencontrée que plus tard et depuis lors, j'ai essayé de vous protéger. Hier soir encore, je vous ai attirée hors de la maison, car si les choses tournaient mal, je voulais qu'il ne vous arrivât rien de fâcheux.

— A quoi tout cela rime-t-il ? Une petite fille comme ça, pourquoi essayez-vous d'en faire une droguée ?

— Vous vous trompez, Ellen, si telle était mon intention, je lui aurais procuré davantage d'héroïne. Je désirais seulement distraire Howard chaque fois qu'il paraissait disposé à se remettre à ses affaires.

— Comme vous devez le détester !

— Moi ? Pas du tout. Est-ce qu'un usurier déteste le gogo qu'il est en train de plumer ?

Elle le dévisagea, incapable de comprendre la signification de ces paroles. Il poursuivit d'une voix plus dure :

— Howard attendait de se faire avoir depuis le jour de sa naissance. C'est comme ça dans la vie. Il y a les poires et ceux qui les mangent. Je l'ai su dès que je l'ai rencontré au Midtown Club. Je savais aussi qu'il me demanderait de l'aider à sortir du guêpier où il s'était fourré. Quand je lui ai conseillé de faire coter certaines actions en bourse, il m'a écouté. Je les ai rachetées sous le manteau, naturellement. Quand je lui ai conseillé d'engager un million de dollars d'argent frais pour renflouer certaines sociétés, il l'a fait. Enfin, il m'a vendu — sans savoir que j'étais l'acheteur — deux sociétés, à très vil prix, sans se douter que ces affaires ne perdaient pas d'argent, bien au contraire.

Il eut un petit rire :

— Savoir présenter un bilan, tout est là ! Il suffit alors de lui faire perdre la tête de temps en temps. Lorsqu'il est dans cet état, le premier imbécile venu peut lui faire faire ce qu'il veut.

Sans pouvoir cacher son mépris, elle répondit :

— Et vous lui faites perdre la tête en vous attaquant à sa fille !

— Bien sûr. Cette gosse est la seule personne à qui il soit attaché. Il faut toujours attaquer les gens par leur point faible.

Ni honte, ni regret dans ses yeux maintenant, mais pourquoi en aurait-elle attendu ? Len l'avait prévenue, un tel homme, opérant d'une main des affaires régulières et trempant de l'autre dans le monde du crime organisé, un homme ayant des contacts dans la pègre, n'hésiterait pas à s'en prendre à une petite fille pour en arriver à ses fins.

— Pourquoi n'avez-vous pas tué Cecily ? s'écria-t-elle avec indignation, cela aurait achevé son père !

— Dans ce cas, il se serait peut-être suicidé, ou bien il aurait liquidé le Consortium Vandering pour aller finir ses jours en Europe. Howard a encore la plus grande partie de sa fortune investie en bons du trésor et j'ai bien l'intention de me l'approprier jusqu'au dernier centime.

Elle fixa son visage froid et calme avant de demander :

— Pourquoi m'avez-vous dit tout cela ?

— Je n'ai aucune raison de ne pas le faire. Avant même d'entrer dans cette maison, ce soir, vous en saviez assez pour causer ma perte.

Comme elle le dévisageait sans comprendre, il poursuivit :

— Vous avez vu ce paquet de cigarettes sur la table de Len Vandering. Si vous étiez allée à la police, on lui aurait demandé d'où venait ce paquet et cela les aurait conduits à moi. Je suis navré, Ellen, mais je ne peux vous donner une autre chance d'aller à la police.

— Vous...

— Je suis navré, répéta-t-il. Nous prendrons le canot pour aller jusqu'à votre plage. Si l'on vous retrouve jamais, on pensera que vous êtes allée nager le soir, comme vous en avez l'habitude. Vous serez seulement allée un peu trop loin.

Comment avait-elle pu être assez sotte pour se figurer qu'il était épris d'elle au point de l'épargner ? Néanmoins, elle protesta :

— La police découvrira la vérité en retrouvant ma voiture.

— Votre voiture va être ramenée sur la route privée des Vandering. J'ai des pneus de rechange pour toutes mes voitures dans le garage, il s'en trouvera bien un de la même dimension.

— Lindquish s'apercevra qu'un pneu a été changé.

— Et après ? Il pensera que vous vous êtes arrêtée dans un garage avant de rentrer. Même s'il mentionne ce détail aux flics, ils ne chercheront pas aussi loin, alors qu'une noyade accidentelle paraîtra aussi évidente. Et quand bien même l'enquête serait poussée plus loin, il sera difficile de rien prouver.

Avec désespoir, elle cherchait un moyen de leur échapper. C'était impossible en ce moment, avec ces trois hommes qui la surveillaient, sans parler d'Emilio qui se trouvait quelque part dans la maison.

— Gardez-la, fit Dan en se levant.

Elle le suivit des yeux tandis qu'il traversait la pièce et sortait. Elle tourna alors son attention sur les deux hommes et vit le petit gros tirer une cigarette d'un paquet vert clair. Le grand maigre se tenait toujours près de la porte, un revolver à la main. Comme elle le regardait, il sourit en découvrant ses dents de cheval. Ce sourire ne contenait ni ironie, ni menace, ce n'était que le sourire sans signification dont il devait gratifier une vague connaissance. Dans son manque même d'émotion, Ellen le trouva d'autant plus redoutable.

Elle baissa les yeux. Aucune chance de leur échapper maintenant. Mais tout à l'heure, peut-être, quand ils seraient dehors, dans la nuit...

La voix de Dan Reardon s'éleva des profondeurs de la maison.

— Amène-la ici, Joe.

L'homme fit un geste avec son arme en direction de la porte. Elle se leva et marcha comme un automate.

— Première porte à gauche, dit Joe, le revolver pointé dans son dos.

Une surprise l'attendait dans la chambre. Là, tout était blanc, les murs, l'épaisse moquette, le dessus de lit. Ayant perdu tout sens de la réalité, elle pensa avec détachement que Delphine devait avoir aimé toute cette blancheur.

— Ça va bien, Joe, tu peux t'en aller, dit Dan Reardon.

Un revolver à la main, il lui désigna une chaise longue recouverte de fourrure blanche et dit en s'adressant à Ellen :

— Mettez ceci.

Elle s'avança et vit un peignoir d'homme en tissu écossais et une boîte en carton.

— C'est un bikini, expliqua-t-il, j'ai retiré les étiquettes mais il est tout neuf. Je l'avais acheté pour Delphine et elle n'a pas eu l'occasion de le porter. Enfilez-le.

Elle s'approcha et sortit de la boîte un bikini à fleurs vert et blanc, puis elle se retourna pour le regarder. Pendant une seconde, elle eut une lueur d'espoir, car dans ses yeux, se lisait cette expression admirative avec laquelle il l'avait regardée le soir où il lui avait dit sur la plage « Comme vous êtes belle ! ». Mais il s'était déjà ressaisi.

— Vous pouvez ouvrir la porte de cette armoire et vous déshabiller derrière. Gardez vos chaussures. Je vous attends.

Il n'y avait plus rien à espérer.

Tenant le bikini et la robe de chambre, elle ouvrit la porte d'une grande armoire blanche, décorée de baguettes dorées et se glissa derrière. Tout en retirant sa robe bleu marine, elle se demanda ce qu'il ferait de ses vêtements, les brûlerait-il ou bien les jetterait-il dans la baie ?

Elle avait l'impression de vivre un cauchemar. A moins de trouver un moyen de s'échapper, elle vivait sa dernière heure. Elle sortit de la pièce, enveloppée dans la robe de chambre écossaise, suivie de Dan.

Au salon, le long visage en lame de couteau de Joe et la figure carrée de Barney lui parurent irréelles. La voix de Dan lui parvenait comme à travers un épais brouillard.

— Emilio, faites un paquet de ces vêtements. Attachez-y une lourde pierre et portez-les dans le canot.

Elle sortit de la maison entre Joe et Barney qui la tenaient chacun par un bras. Ni l'obscurité de la nuit, ni le crissement du sable sous ses pas, ne purent la tirer de son apathie. Cependant, en longeant le quai, l'impression d'irréalité disparut pendant un court instant. Il y aurait d'autres bateaux dans la baie, et si elle criait...

Au même moment, les deux hommes s'arrêtèrent près du canot à moteur et un bâillon se posa sur sa bouche. Elle voulut crier, se débattre. Une main la saisit avec rudesse et mit le bâillon en place. Durant un long intervalle, il ne se passa rien et elle perdit toute notion du temps. Puis elle sentit qu'on la soulevait et qu'on la transportait dans l'embarcation. Les deux hommes vinrent s'asseoir à côté d'elle en la maintenant solidement.

Il y eut des pas sur le quai. Quelque chose de lourd tomba sur le pont. Les pas s'éloignèrent. Elle regarda le paquet sombre entre elle et Dan qui se tenait au gouvernail. Elle comprit que ce paquet contenait ses vêtements. Rien n'indiquait plus qu'elle était jamais venue chez Dan Reardon ce soir.

La terreur autant que la colère la poussèrent à se débattre.

— Ne lui faites pas de mal, cria Dan.

Deux paires de bras l'immobilisèrent. Elle entendit le bruit du moteur et le canot, toutes lumières éteintes, s'éloigna du quai.

Elle cessa de lutter. Mieux valait conserver toute son énergie. Si elle réussissait à leur échapper, même un instant, elle pourrait plonger par dessus bord et, malgré ce bâillon, tenter de nager sous l'eau.

Elle se rendit compte que ces chances étaient faibles, presque inexistantes. Elle ne pourrait nager sous l'eau bien longtemps, et dès qu'elle ferait surface... Naturellement, ils voulaient que sa mort parût naturelle, mais, si elle les y obligeait, ils n'hésiteraient pas à tirer sur elle.

C'est comme si j'étais déjà morte, pensa-t-elle. Les prisonniers qui attendent d'entrer dans la chambre à gaz ont-ils ce même sentiment ?

Ils étaient maintenant au milieu de la baie. Les lumières de quelques barques de pêche brillaient çà et là. Il n'y avait aucun espoir pour elle de ce côté-là, même si elle n'avait pas été bâillonnée ; Dan prenait grand soin de rester loin des autres embarcations.

Elle regarda le ciel étoilé. Aucun espoir là non

plus. Les étoiles scintillaient, indifférentes au destin de cette obscure comédienne qui voyageait dans ce canot sans lumière.

Le moteur s'arrêta. Une silhouette sombre s'approcha d'elle, s'agenouilla et lui retira ses sandales. Quel homme ambivalent ce Dan Raerdon. Il allait la tuer sans pitié et cependant, il lui avait permis de rester chaussée afin qu'elle ne se blessât pas les pieds sur les graviers.

— Très bien, dit-il d'une voix neutre.

Sa vie n'était plus qu'une question de secondes. Son apathie l'abandonna brusquement et elle se débattit avec le courage du désespoir. Cette réaction fut si inattendue qu'elle prit les hommes par surprise. Ses ongles griffèrent la joue maigre de Joe. Mais en dépit de sa résistance, elle fut soulevée et jetée les pieds en avant dans les eaux noires de la baie.

Sa main qui, un instant plus tôt, étreignait un bras musclé, saisit le plat-bord du canot et s'y cramponna désespérément.

Dan avait remis le moteur en marche. Dominant le bruit, elle entendit sa voix pressante :

— Finissons-en, dépêchez-vous.

Une brusque poussée lui enfonça la tête sous l'eau. Elle sentit l'eau salée pénétrer dans sa bouche, tandis que d'un coup sec sur les doigts on l'obligeait à lâcher les bords du canot. Pour échapper à la pression qui s'exerçait sur sa tête, elle plongea et ressortit un peu plus loin pour respirer.

Près d'elle un poids tomba et coula à pic. Le paquet contenant ses vêtements et son sac. A nouveau, des mains lui saisirent la tête et maintinrent sous l'eau d'une poigne ferme.

Elle s'efforçait désespérément de retenir sa respiration. Des bruits confus lui parvenaient d'un monde qui, dans une ou deux secondes, ne serait plus le sien.

Brusquement, la pression cessa. Elle émergea en suffoquant et ouvrit les yeux sous les feux d'un projecteur tandis que des cris, des appels, des bruits de pas et des coups de feu retentissaient dans une hallucinante cacophonie.

Elle s'accrocha au bord du canot en haletant. Des silhouettes sombres se détachaient dans la lumière et se penchaient vers elle. Elle aurait voulu crier : assez, je vous en prie, tuez-moi !

Des mains la saisirent et la remontèrent le long du bastingage. Elle sentit que sa jambe droite était éraflée et elle se retrouva debout sur le pont avant qu'un bras la prenne par la taille et un autre sous les genoux pour la soulever.

Les yeux éblouis par la lumière, elle avait l'impression confuse que celle-ci provenait d'un projecteur placé sur un autre bateau. Autour d'elle, elle distinguait maintenant des visages inconnus. Elle aperçut Joe, immobile, les mains en l'air, près du gouvernail.

— Je ne crois pas qu'elle en ait besoin, mais avez-vous un masque à oxygène à bord ?

C'était la voix de Len. Elle semblait venir de si loin qu'elle fut surprise, en tournant la tête, de voir que c'était lui qui la tenait dans ses bras.

D'abord, elle eut conscience d'un léger balancement et d'une odeur d'eau salée, de mazout et de quelque chose d'autre qu'elle ne pouvait définir, mais qui s'associait dans son esprit aux jours de pluie.

Elle ouvrit les yeux et vit qu'elle était étendue sur une couchette dure, une veste d'homme en ciré jaune sur elle. Len Vandering était assis à côte d'elle. Il lui sourit :

— Comment vous sentez-vous ?

— Très bien, dit-elle d'une voix rauque. Où...

— Vous êtes à bord d'une vedette de la police d'Easthampton.

En face d'elle, une autre veste en ciré était pendue à un porte-manteau de la cabine. Je suis vivante, pensa-t-elle.

— Et ces hommes ?

Le sourire disparut des lèvres de Len.

— Deux sont morts, l'autre est arrêté, ainsi que le domestique de Reardon.

— Dan ?

— Il est mort. Ils ont tiré sur nous, mais quand nous avons allumé les projecteurs, nous étions si près qu'ils n'avaient pas une chance de s'en tirer.

— Est-ce vous... ?

— Oui, j'ai appelé la police. Malheureusement, je n'ai pas compris tout de suite. Quand vous vous êtes sauvée de cette façon-là, je suis allé regarder sur ma table de travail. Je ne voyais pas ce qui pouvait vous avoir bouleversée à ce point. La seule chose insolite était ce paquet de cigarettes que j'avais jeté quelques jours plus tôt.

Comme il n'y avait rien d'autre qui pût l'avoir effrayée, il avait quand même mis le paquet dans sa poche avant de se rendre à Easthampton. Arrivé là, il s'était rendu compte qu'il avait dû la doubler sans la voir. Aussitôt, il avait fait demi-tour.

— J'ai croisé la Bentley de Reardon, mais il ne semblait y avoir personne d'autre que le chauffeur.

— Je... me suis cachée derrière, j'avais peur de vous.

— Je ne m'en étonne plus, maintenant que je sais ce que vous avez dû penser en voyant ce paquet de cigarettes.

Son inquiétude augmentant au fur et à mesure que le temps passait, il était retourné à Easthampton et avait appelé Lindquish qui lui avait dit qu'Ellen n'était pas revenue. Finalement, ne sachant plus que faire, il était allé à la police où il avait raconté l'étrange comportement d'Ellen et montré le paquet de cigarettes.

L'effet avait été foudroyant. Dès qu'ils avaient appris comment il s'était procuré ce paquet, les policiers détachèrent deux voitures pour aller chez Reardon. Len les avait accompagnés.

— A mi-chemin, nous avons rencontré Emilio dans la Bentley. La police a fouillé la voiture et a découvert plusieurs pneus neufs dans le coffre.

Malgré les dénégations d'Emilio qui assurait que son patron était à New York, ils l'avaient ramené chez lui.

— Les deux voitures de Dan étaient là, mais le canot n'était plus amarré au quai. Alors, l'un des policiers a téléphoné pour faire appel à la division maritime et demander que l'on envoie immédiatement une vedette.

A sa requête, Len avait été autorisé à les accompagner. D'abord, ils s'étaient dirigés vers l'est en pensant que Dan avait l'intention de sortir de la baie pour aller vers Block Island Sound et, de là, gagner les rives du Connecticut, mais le patron d'un bateau de pêche leur apprit qu'un canot, navigant tous feux éteints, venait de prendre la direction du nord. Ils avaient donc mis le cap sur le nord.

— De temps à autre nous coupions le moteur pour écouter. Nous avons entendu un moteur qui s'est brusquement arrêté. Nous n'avons plus eu qu'à nous approcher.

— Il y a tant de choses à dire à la police, murmura-t-elle.

— Je sais. Pour le moment, reposez-vous. Vous avez tout votre temps.

Avec un merveilleux sentiment de gratitude, elle ferma les yeux.

CHAPITRE XVII

Sous le soleil de plomb du mois d'août, Ellen et Len regardaient le buffle du zoo qui s'ébrouait dans son enclos. Autour d'eux se répandaient les bruits et les odeurs de New York à la plus désagréable des saisons. Des hommes en sueur passaient en s'épongeant le front. Des femmes épuisées traînaient des enfants geignards, aux mains poisseuses de crème glacée, au milieu d'un concert de postes à transistors tonitruants. A l'odeur de poussière et d'asphalte surchauffé se mêlait celle des animaux dans leur cage.

Cependant, pour rien au monde, Ellen n'aurait souhaité se retrouver sur une route ombragée de Long Island ou dans la maison fraîche de Janet Vandering. Un jour viendrait peut-être où elle pourrait de nouveau apprécier les Hampton. Pour le moment, elle préférait de beaucoup la ville et son petit appartement.

Le plus incroyable de l'histoire était que Len paraissait partager ce sentiment. Quand elle avait quitté Hampton après la fin des interrogatoires de la police, Len était resté chez lui au bord de la mer, mais le week-end suivant et tous les autres week-ends depuis, il était revenu à New York et lui avait téléphoné pour lui proposer une sortie. La veille, il lui avait même annoncé son intention d'occuper son appartement d'East Village pendant une dizaine de jours.

— Cecily m'a confié un jour qu'elle pensait que ce buffle était un roi noir qui avait été capturé et emprisonné là, dit-elle.

— Pour moi, il ressemble à un bas-relief abyssin. Les Abyssins étaient-ils noirs ?

— Je l'ignore.

Elle continua à regarder le buffle en pensant à Cecily.

Quelle jolie fille elle allait devenir ! Deux semaines plus tôt, juste avant son départ avec sa mère pour le Cap Cod, elle avait célébré son douzième anniversaire par une petite fête dans leur appartement de la 5è Avenue. Son père y assistait ainsi que l'oncle Len et Ellen. Cecily portait un collier de perles autour du cou et, pour la première fois, un peu de rouge à lèvres.

Bien qu'il fût évident que la présence de son père dans cet appartement éveillait en elle un nouvel espoir, il était non moins évident que Cecily, débarrassée de sa peur et de son complexe de culpabilité, était maintenant assez forte et raisonnable pour rester une petite fille normale, même si ses espérances ne se réalisaient pas.

— Pourquoi souriez-vous ? demanda Len.

— Je pensais à Cecily.

— Ellen, vous devriez avoir des enfants à vous.

— Ce n'est pas une mauvaise idée. Malheureusement, malgré les édits du Mouvements pour la Libération de la Femme, il existe encore des choses qu'une femme ne peut faire seule.

— En effet, il lui faut un collaborateur. Justement, je voulais vous faire part de mes projets. Non sans regret, j'ai décidé de quitter mon appartement d'East Village pour aller vivre dans un quartier plus aéré, convenant mieux pour élever des enfants. Naturellement, nous ne serions pas obligés de déménager immédiatement d'East Village.

Il fit une pause avant d'ajouter :

— Voulez-vous que nous allions au Plaza discuter de la question ?

Ellen sentit sa gorge se serrer et pendant un moment affreux, elle eut peur de se mettre à pleurer, mais après avoir avalé deux fois sa salive, elle parvint à dire :

— Oui, Len allons en discuter.

DERNIERS VOLUMES
PARUS DANS LA COLLECTION
LE CLUB DES MASQUES

ENVOI DU CATALOGUE COMPLET SUR DEMANDE

IMPRIMÉ EN FRANCE PAR BRODARD ET TAUPIN
7, bd Romain-Rolland - Montrouge - Usine de La Flèche.
ISBN : 2 - 7024 - 1118 - 5